# 蝿魔王《ベルゼブブ》降臨！

新・天空の女王蜂Ⅳ

夏見正隆
Natsumi Masataka

JN166250

文芸社文庫

目次

## ■登場人物紹介

水無月《みなづき》 忍《しのぶ》（21）　元・女優の西日本帝国海軍少尉候補生。〈究極戦機〉唯一のパイロットとして訓練中。

睦月里緒菜《むつきりおな》（20）　キャビンアテンダントに憧れていた西日本帝国海軍少尉候補生。忍の僚機《ウイングマン》になるべく特訓中。

森高美月《もりたかみづき》（26）　西日本帝国海軍中尉。忍と里緒菜の教官で、元・〈究極戦機〉パイロットの一人。

古怒田賢一郎《こぬたけんいちろう》（51）　京都帝国大学教授。何度もノーベル賞候補に挙がっている高名な生物学者。

エヴァリン・ゲイツ（?）　ＮＡＳＡで宇宙工学を専門としている女性搭乗運用技術者《ミッション・スペシャリスト》。流暢に日本語をあやつる。

望月《もちづき》ひとみ（25）　西日本帝国空軍少尉。元・〈究極戦機〉パイロットで、忍をバックアップしている。

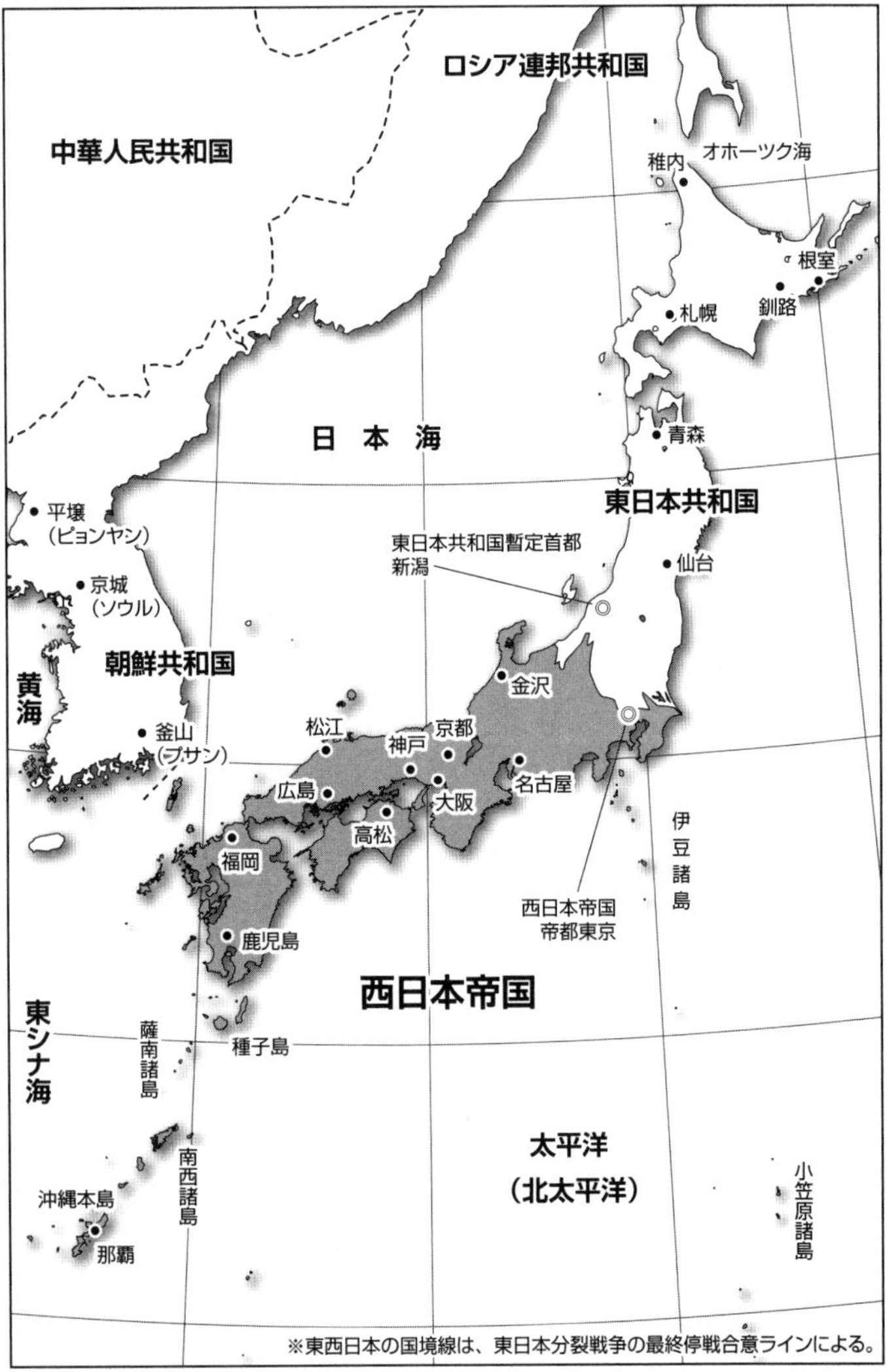


制作：西日本帝国海軍 海洋管理中隊 施設管理分隊

# プロローグ

## ●浜松沖《はままつ》　海軍演習空域Ｒ《レンジ》144

「今だ」
水無月忍《みなづきしのぶ》（21歳）は、風防投影式計器《ヘッドアップ・ディスプレー》の中を斜めになって左へ抜けようとする双尾翼のシルエットを睨《にら》むと、右手の操縦桿《スティック》（手の圧力を感じ取ってフライバイワイヤのシステムに伝えるスティック）をこじるように左へ倒した。

カチッ

同時に前へ押す。そして右足で右方向舵《ラダー》を一センチ前。

キュンッ

宙で躍るように、瞬間的に九〇度近い左傾斜《バンク》を取ると、単発・中翼の戦闘機は降下しつつ急旋回に入った。その鋭い動きはまるで、青い機体が生きた猛禽《もうきん》であるかのようだ。

絶対的に有利な位置から、好きなだけ撃ってこい、全部かわしてお前なんか四〇秒で『撃墜』してやる――と宣言したのはF18《あっち》のほうである。

（――！）

瞬間的に、風防《キャノピー》の前面視界で雲に覆われた水平線がぐんっ、と傾きながら上方へ吹っ飛び、視野がはるか下方の海面だけになる。同時にズンッ、と鉄球を腹に落とされるようなG。

「うっ」

プシッ

高圧空気がGスーツに入り、忍のウエストを瞬時に締めつけ、血液が下がるのを抑える。まだまだ、この程度のG――！　忍はヘルメットの目庇《まびさし》の下から逃げようとする双尾翼の後姿を睨み、特徴あるそのシルエットをヘッドアップ・ディスプレーの正面に入れようとする。スロットルは再燃焼装置《アフターバーナー》全開のまま、左へ降下急旋回。コンパクトに、コンパクトに回れ……！　操縦桿をさらに左へ。機首は十分下がった、今度は上げ舵――！　水平線がぐんっ、と縦になって目の前を激しく流れ、F18Jホーネットの傾いた小さな背中が、忍の目の前に引き寄せられるように滑ってきた。

旋回性能は、こっちが上なんだ……！

（よしロックオンだ……！）

ピピピピピ

スーパー・サーチモードにしたレーダー火器管制装置《FCS－J1》が、射撃象限に入った前方目標を自動的にロックオンしようとする。ヘルメットのイヤフォンに良好なトーン。FCSの兵装選択は〈短距離ミサイル《SRM》〉。レーダーとともに熱源探知機《シーカー》も標的を捕捉。

「――よし」

だが次の瞬間、ＨＵＤ上の表示が『ＩＮ ＲＮＧ《射程内》』に変わる寸前、Ｆ18の後ろ姿はふいに吹っ飛ぶように忍の視野から消え去った。

（……えっ）


一瞬、海面に向かう左降下急旋回の姿勢のまま、空間にぽつんと取り残された格好の青い戦闘機。

単発エンジン、一枚尾翼。特徴ある空気取り入れ口《エア・インテーク》に、機首下からは下向きに小さなフィンが二枚突き出ている。三菱《みつびし》ＡＦ２Ｊ・Ｍ――〈ファルコンＪ〉だ。

しかし猛禽のように攻撃機動に入った〈ファルコンＪ〉の行く手から、たった今襲いかかろうとしていた灰色のホーネットが突然、消えてしまう。


しかし忍は驚かない。

（そ、そうきたかっ……！）

突然の相手の動きに、並のパイロットなら〈敵機〉が目の前から『消えた』と感じたかもしれない。それほどＦ18の動きは唐突《とうとつ》で、疾《はや》かった。しかし忍は、こういう時、自分が向こうの立場だったらどう機動するか、考えながら相手の挙動に集中していた。

そして、秒速数キロという速度で飛び回る宇宙怪獣と格闘戦をした経験は、無駄ではない。
「——！」
眼球をGに逆らって右上へ向けると——いた……！　そこかっ。〈敵機〉の存在を自分のヘルメットの斜め右上に感じると同時に、忍は操縦桿を反対の右へこじると、機首が下がりすぎぬようキープするため踏んでいた右ラダーを、さらにぐいと踏み込んだ。
ぐるっ
天地が逆回転。頭の上が海に——一呼吸の半分で、縦に流れていた水平線がひっくり返って二七〇度回転《オーバーシュート》する。やばい今の——あのF18、なんて疾《はや》いハイGヨーヨーだ。わたしを追い越しさせ、逆落としに後尾へ食らいつくつもりかっ……!?
キユンッ
忍の機体は旋回の外側の右方向へ、腹を上にするようにして宙でほぼ一回転、飛行方向を無理やりねじ曲げると姿勢を水平に。頭の上に空が戻り、キャノピーに射し込む太陽が戻ってくる。忍は首を曲げ左下方を振り向く。〈敵機〉はどこだ——!?　どこへ行った。わたしの後尾を捉え損ない、何もない左の海面へ突っ込んでいったはずだ——

だが

「――うっ」

気配に、風防の窓枠のバックミラーへ目を上げると。

忍はヘルメットの下で目を見開く。

なんだ。窓枠につけたミラーの真ん中――まるで魔法のようだ、ホーネットの特徴ある前面形がフッ、と現れて真後ろ頭上に占位した。どうしてそんなところへ――やばい、軸線《じくせん》合ってる、と思った瞬間。〈敵機〉の姿は太陽に呑まれ、白く光って見えなくなる。

「うっ」

まぶしい。

(しまった)

太陽の位置まで、計算して……!?

やばい、撃たれる……!

＊　＊　＊

事の起こりは、こうだ。

ある日、『浜松基地に入隊わずか三カ月で戦闘航空徽章《ウイングマーク》を取った女子候補生がいる』――そのような噂が、帝国海軍を駆け巡った。それが今回の〈騒動〉の始まりだった。

水無月忍が〈究極戦機《きゅうきょくせんき》〉UFC1001の新しい専任パイロット――特殊適合操縦者となったことは、西日本帝国《にしにほんていこく》の国防機密ではあったが。

しかし、一般の訓練生たちと同じ浜松基地で訓練をしている。

つい三カ月前に、ふらりと二人でやってきた不定期採用の女子候補生のうち片方が、学科教育も地上準備課程もすっ飛ばしてその日のうちにT3練習機に乗ったかと思えば、わずか四日後にはT4に乗って、その後しばらく姿を見ないと思ったら（怪獣と戦ったあと入院していたのだから当然だが）、いつの間にかピカピカのAF2Jに乗って戻ってきて、専属教官をしているらしい女性パイロットと組んで連日のように空戦訓練に出ていく。

基地の一般のパイロットや一般コースの訓練生、地上要員たちには雁谷《かりや》司令から『接触禁止』が命じられていたが、もともと水無月忍は（あまり売れなかったとはいえ）テレビに出ていたアイドル出身の元女優である。それが日灼《ひや》けした顔でニコニコして、少尉候補生の制服の胸に海軍戦闘航空徽章をつけて、大っぴらに基地内を歩いているのだ。

「一応国防機密になっているんだけど、あれが水無月美帆《みほ》の妹の水無月忍で、新しいってしまって、どうやら先月、東日本の新潟《にいがた》で宇宙から来たものすごい怪獣を倒したらしい」

時系列は少し違う（忍が宇宙怪獣ガーゴイルを倒して教官の森高美月《もりたかみづき》を通し戦闘航空徽章を授与されたのは、実に入隊後八日目であった）し、水無月美帆の妹だ、と言われるのはもはやよけいだろうが、基地の人々の口にのぼる噂はおおむね正しかった。

そして浜松基地の人々は、現在どうしているのかというと、東京の街中で芸能人と遭遇した一般人よろしく大げさに驚いたりはせず、忍と普通に会釈《えしゃく》しながらすれ違って、そのあとで「きゃあ、今のあれが水無月忍よ美帆の妹の」とか「おい、俺目が合っちゃったよ。どうしよう眠れねえなぁ今夜」とか言い合っているのだった。

生来の物怖《ものお》じしない明るさで、忍からニッコリ笑って敬礼され、嬉しく思わない士官も隊員も稀《まれ》で、基地の人々はいつしかみんなで知らないふりをしながら、この『国防機密』の元アイドルのパイロットを周囲から見守るようになっていった。

だが当然、それを面白く思わない者もいた。

巡回訓練で浜松基地へやってきていた、F18艦上戦闘機隊の面々である。

空母〈翔鶴《しょうかく》〉が『大修理』のためドック入りして使えず、〈翔鶴〉所属のホーネット二個飛行隊は、それぞれ西日本各地の海軍航空基地を点々と居候《いそうろう》しながら訓練していた。

もともと彼らの母艦が使えなくなったのは、二年間眠っていた〈究極戦機〉が突然覚醒《かくせい》し、暴走したせいである。だが、もう少しで〈翔鶴〉を溶かしてしまうところを、緊急に呼び出された忍が命がけでそれを止めたという事実は機密扱いされ、彼らは知らない。あの『巨大ロボット』のせいで自分たちは不遇《ふぐう》をかこっている、と思い込んでいた。

その『巨大ロボット』のパイロットというのが元アイドルの元女優で、特別扱いの促成訓練コースでわずか三カ月でウイングマークを授与された、という。

ウイングマークとは言うまでもなく『一人前の海軍の飛行機乗り』を象徴する、制服の胸につける翼の徽章《きしょう》だ。特に〈戦闘航空徽章〉は戦闘機乗りの証《あかし》だ。海軍のパイロットを目指す者にとっては、海鷲《うみわし》が翼を広げた形のその徽章を胸につけることが目標であり、つけられることは誇りである。

ウイングマークを獲得《かくとく》するには、高卒で採用される航空学生で三年半、防大卒と一般大卒から入る飛行幹部候補生のコースで最短でも一年半かかる。

それが普通である。そして入隊した訓練生のうち三分の一は途中脱落、三分の一は哨戒機や輸送機やヘリに回される。憧れの海軍の戦闘機乗りとなって、海鷲の徽章を胸に飾れるのは、長い厳しい訓練に耐え抜き、かつ競争に勝ち抜いた猛者《もさ》だけなのだ。

その猛者たちにしてみれば。元アイドルが特別待遇で三カ月（実際は八日）でウイングマーク取得と聞かされ、怒らないわけがない。

「ずいぶんと海軍を舐《な》めてくれるじゃねえか」

街で芸能人に出くわした時のように、見て見ぬふりをするのが浜松基地の暗黙のルールのようになっていたが、〈翔鶴〉第２戦闘飛行隊長の鷲頭《わしず》少佐（40歳）はお構いなしだ。

打ち合わせ《ブリーフィング》ルームで、皆とは離れたテーブルで訓練飛行の打ち合わせをしていた水無月忍の前にいかつい大男が立つと、低い声で言った。

「その胸につけているのは、まさか本物のウイングじゃねえだろうな、お嬢ちゃん」

「――？」

忍が、きょとんとした顔で見返す。目の前で腕組みをして、威嚇《いかく》するように見下ろしてくる大男を、怖がらない。

隣に座る小柄な睦月里緒菜《むつきりおな》（20歳）は「ひっ」とのけ反ってみせたが、

「少佐」

日灼けしてなお白い顔の元女優は、鷲頭の飛行服の階級章を認めると、カタンと立ち上がって短く敬礼した。

「水無月忍、少尉候補生です。何か、わたくしが失礼でも」

「う」

　大男は、入隊わずか三カ月の若い娘が自分をまったく怖がらず、流れるような所作《しょさ》で立ち上がり敬礼してみせたので一瞬「こいつは」という顔をしたが、すぐ打ち消すように大声を出した。

「水無月候補生といったか」

「はい」

「わかっているだろうが、いいか。実力のない者に、それを胸につける資格はない。アイドルだか女優だか、UFCのパイロット候補だか知らんが、満足に飛行機も飛ばせんやつがそれをつけるのは、全海軍航空部隊に働く者に対する冒瀆《ぼうとく》であるっ」

「――」

　すると
「あ～あ」

　低い女の声が、いきりたつ大男の背中で、あきれたように息をつく。

「懐かしい大声がすると思ったら。あんたか」

「も」

　大男も、声の主がすぐわかったらしく、振り向いて怒鳴る。

「ん森高ぁっ」

「忍は実力で獲りましたよ。ウイングマーク」

訓練ファイルを脇に抱えた森高美月は、飛行ブーツをカツカツ鳴らして近寄ってくると、白い顔の元女優の飛行服の肩を持った。

「この子は十分に、一人前の戦闘機パイロットです。あたしが保証します」

「ぬ、ぬぁにぃ」

「なんなら、腕を試してみます?」

森高美月中尉(26歳)。統幕議長がじきじきに発令した、UFCチームの専属教官――水無月忍と睦月里緒菜の担任である。

美月は、この鷲頭三郎《さぶろう》というホーネットの飛行隊長が、生意気《なまいき》な若いパイロットの鼻っ柱を叩き折りたいと思った時にいつもどうするか知っていて、逆に挑発したのだった。

「あぁ、ちょうどいい。今日は、洋上空域で対戦闘機戦闘訓練の予定でした。でもそろそろ『異機種間格闘戦訓練《DACT》』もいいかな」

「なんだとっ」

「忍」

美月も、鷲頭を怖がるそぶりは見せず、自分の教え子の肩をポンポン叩いた。

「こちらの鷲頭少佐が、今日は特別にあんたの模擬戦闘《ACM》の相手をしてくださるそうだ。やってみな」

「は？　はい」

立って姿勢を正したままの水無月忍は、教官の美月がニヤリと笑うのを見て、少し緊張した面持《おもも》ちになったが、すぐうなずいた。

「はい、ぜひ、やらせてください」

「ぬうぅ――」

鷲頭少佐は、ものすごい形相《ぎょうそう》で森高美月を睨んだ。吠《ほ》えた。

「よぉし、ならばひとつ、望みどおり揉《も》んでやろう」

『ルールはこうだ』

十五分後。

鷲頭少佐のF18に続いて離陸、浜松基地の場周経路《トラフィック・パターン》を離脱《ブレーク》して洋上へ機首を向けると、上昇しつつ先行するホーネットのコクピットから、大男のヘルメットが振り向いて無線で告げた。

『一万五〇〇〇まで上昇しろ。演習空域《R144》に入ったら、俺の六時上方につけ。高度はそっちが三〇〇〇、高くしていい』

「は――はい」

水無月忍は、五日前に受領したばかりの〈ファルコンJ〉002号機の硬い真新しい射出座席で、その野太い声にうなずいた。

これまで、格闘戦をした相手は専属教官の森高美月と、宇宙怪獣ガーゴイルだけだった。人間の男のパイロットを相手にするのは、初めての体験だ。

鷲頭の指示は、高度一万五〇〇〇フィートに上昇して浜松沖の海軍演習空域R144へ揃《そろ》って進入。その後、忍が高度を三〇〇〇フィート高くして、鷲頭機の後ろ上方の位置につく――というものだ。

『三マイル離れたところで、戦闘開始。後ろ上方からかかってこい』

「――」

忍は、しかし格闘戦の訓練（勝負）だというのに、わざわざ鷲頭がこちらを優位のポジションにつかせてくれようとするのが、不可解だった。腕相撲《うでずもう》でいったら、あと一センチで机の表面に手の甲がつくような、勝負の決まる寸前の位置関係だ。

まさか。あそこの男は、負ける寸前の不利な位置からでもわたしに逆転し、勝ってみせるとでもいうのか……？

『そのとおりだ、お嬢ちゃん』

忍の疑念を察したように、前方の位置からホーネットの操縦者は言った。

『まともにやったんじゃ、面白くねえ。絶対的に優位のポジションから、遠慮なくかかってこい。俺に短距離ミサイル《フォックス・ツー》を三秒間ロックオンするか、機関砲《フォックス・スリー》を二秒間命中させられたら、そっちの勝ちだ。だが全力でやれよ』

「――」

『もたもたしていると、俺が逆転して六十秒以内に嬢ちゃんをねじ伏せて、後ろからぶち込むぜ』

　すると、

『じょ、女優さんになんてことをっ』

　いきなり、別の声が交信に割り込んだ。

　若い男の、かん高い声――聞き覚えはある。

『問題発言はやめてください鷲頭少佐。こちらは井出《いで》少尉、Ｅ767で演習空域上空にいます。郷《ごう》大佐もご一緒です』

『なんだ、青二才《あおにさい》か。戦闘機乗りじゃねえやつは、口を出すな。すっこんでろ』

　言い合いが始まるのを、忍はＡＦ２を上昇させながら聞いた。

「――」

沖合の演習空域・R144――青い広大な空間が近づいてくる。はるか下の海面の青、頭上の成層圏のもっと深い蒼《あお》……。

そこは、T3で初飛行して以来、教官の森高美月に稽古《けいこ》をつけてもらう、忍には武道の経験はないがいわば『道場』のような場所だった。遠州灘《えんしゅうなだ》の上空に長さ五〇マイル、幅四〇マイルの長方形の空域が設けてあり、海面から四万九〇〇〇フィートまでの空間には、民間機は一切、入ることはできない。

もう忍は習慣として、演習空域が近づいてくると、太陽の位置、邪魔になりそうな雲の存在、その位置と高さを自然に目で測るようになっていた。

大丈夫――一万五〇〇〇フィートで入るなら、空戦に邪魔な雲はない……。太陽は、ちょうど十二時の方向か……。

『森高、郷だ。水無月候補生がAF2を乗りこなしていると聞いたから、訓練視察に出てきたのだ』

別の中年の渋い声が、無線に割って入る。

この声にも、聞き覚えがある。

わたしに、〈究極戦機〉に乗ることを求めた人物だ……。

『しかし大丈夫なんだろうな』無線の向こうで、郷大佐は息巻いた。『いきなり異機種間格闘戦訓練《DACT》なんかやらせて、危険はないんだろうなっ』

どこか、演習空域の高いところにE767早期警戒管制機が旋回していて、郷英樹《ひでき》大佐や井出少尉が自分たちの訓練を視察するらしい。そんなことは聞いていなかったが……。でもいつもどおり、やるだけだ――

『危険って、鷲頭少佐がGで伸びちゃうとか？』

森高美月の声。

教官の美月は、今日は複座のAF2Bを駆って、後方からついてきている。・AF2Bの前席には睦月里緒菜が搭乗し、里緒菜のAF2慣熟《かんじゅく》訓練をかねている。里緒菜は忍の入院中に、美月による集中特訓を耐え抜き、どうにかT4中等練習機を『卒業』していた〈随行支援戦闘機《サポート・ファイター》〉のパイロットは〈究極戦機〉が出動した時についていき、〈究極戦機〉が戦いやすいようサポートするのが任務なので、美月は里緒菜に高度な空戦技術は求めなかった）。

『鷲頭少佐がGでブラックアウトして、失神してクルクル落っこちるとでも……？』

すると、

『ん森高くわぁっ』

それを聞いた鷲頭が大声を出した。

『貴様っ、いい気になると承知せんぞっ』

『あら、嫌なことを思い出させちゃったかしら』

「……？」

言い合いを聞いている忍には、訳がわからない。

とにかく、空戦訓練の準備をしよう。残燃料、翼と胴体タンクに一万三〇〇〇ポンド。火器管制装置《PCS》の武器発射安全装置《マスター・アーム》スイッチは『ＯＦＦ』。兵装選択は、まず短距離ミサイル《SRM》にセット。

忍は手早く、空戦諸元を整えた。マスター・アームを『ＯＦＦ』にするのは、訓練中に間違って兵装を発射してしまわないようにするための措置だ。

『忍とハンデ・ゼロ《スクラッチ》でやったらどうなんです、少佐？　絶対優位ポジションを取らせるなんて、やせ我慢《がまん》しないで』

『うるさいっ。昨日今日、戦闘機に乗ったような小娘と、ハンデなしの勝負なんかできるかっ。よぉしいいか六十秒とはいわん、今日は四十秒で撃墜してくれるわっ』

えっ……？　と忍は思った。

四十秒――？　わたしに真後ろ上方の絶対的に有利なポジションを取らせて、そこから格闘戦を開始して、四十秒で逆転してこちらを撃墜してみせるというの……？

（……）

忍はだんだん、胸がどきどきしてきた。酸素マスクのカラカラに乾いたエアを、肩を上下させて吸い込んだ。怖いのではない。いったい、あのホーネットはどんな技術を使うのだろう。

早く、見てみたい。

そう思ったのが、三十秒前のことだ。

『――ファイツ・オン！』

演習空域に進入し、予定どおりのポジションを取って、無線に鷲頭の野太い声が響くと。

演習――模擬空戦は始まった。

「今だ」

忍は、前下方を左へ旋回し逃げようとするF18を、押さえ込むように左降下急旋回に入っていた。

そして――

＊　＊　＊

（まぶしい……!!）

しまった。

真後ろに占位した〈敵〉の姿が見えない。

忍はぞっとした。

相手は、太陽の位置まで計算して、わたしをこのポジションに誘い込んだのかっ
……⁉

やられた。

四十秒で逆転してやる、というのは嘘《うそ》ではなかった。

（凄い――！）

だが元女優の忍は、戦闘機乗りとしても不可欠の気質を具《そな》えていた。『負けず嫌い』である。

一瞬ぞっとしたのは、すごいパフォーマンスを目の前で見せられた時の、感動に近い畏怖《いふ》だ。すごい先輩女優の完璧を超える舞台を見せられた時、同じ〈震え〉がきたものだった。もちろん、太陽を背にした〈敵〉に真後ろから機関砲をロックオンされようとしている忍に、そんなことを思い出して感じ入っている暇はまったくない。

やばい、撃たれる……！

「――くっ」

とっさに手と脚が動いた。

鷲頭のF18に背後を取られた忍は、でもあきらめはしなかった。

(——あれしか、ない……！)

真後ろ上方、自分の両肩の一〇〇〇フィート後ろに覆いかぶさるように迫る敵機の運動エネルギーの気配を首筋に感じつつ、とっさに両足でラダーペダルを踏み込むと同時にスロットルを全閉、右手の操縦桿をこじるように手前へ引き倒した。

カチッ

(——‼)

ぐんっ

い、

立てっ……！

念じた。すると次の瞬間、フライバイワイヤの働きで両翼の補助翼《エルロン》、下げ翼《フラップ》、水平尾翼の左右の昇降舵《エレベーター》に機首下先尾翼《カナード》が連係して一斉に動き、ある最大の舵角を取った。

〈ファルコンJ〉はまるで、人型の機械が身を起こすかのように空中に止まると、機首を上にして宙に立ち上がった。

がんっ、とすさまじい胴体抵抗。

急減速。

「うぎゃ」

思わず悲鳴が出た。

この〈技〉を実戦で使うのは、初めてだ。運動能力向上機動《ＣＣＶ》で宙に立ち上がったＡＦ２Ｊ・Ｍは、翼端と機首から水蒸気の筋を曳きながら、空気の壁にぶつかったかのようにその場で止まろうとする。

座席に下向きに押し潰される――！

だが同時に、

『――う、うぉっ⁉』

ずざぁああっ

訳がわからない、というような大男のわめき声がすぐ頭上でしたかと思うと、ホーネットの機体が頭上を通過、腹をさらけ出しながら忍の目の前につんのめり出た。

追い越させた……！

「い――」

忍は目を剝《む》いた。押し潰されかけ空気がほとんどなくなった肺に無理やり酸素を吸い込むと、渾身《こんしん》の力でスロットルを全開、操縦桿を前へ押した。

(――今だっ……！)

機種が下がり、ヘッドアップ・ディスプレーからはみ出すくらいいっぱいに双発の排気口。

ＡＦ２Ｊ・Ｍは前方へオーバーシュートさせたＦ18の後尾に食らいつく。

「！」

捕まえたっ。

忍は本能的に左の親指で兵装選択を〈機関砲《GUN》〉、右の人差し指でトリガーをしぼった。

# 第Ⅰ章　羽田上空いらっしゃいませ

# 1

## ●浜松基地　司令部前　駐機場《ランプ》

「おい」

機体を列線《エプロン》に停止させ、エンジンを止め、飛行服のままサウナに入ったような身体で搭乗梯子《ラダー》を降りていくと。

燃料をカットしてもまだガラガラ空回りし続けるF110エンジンの圧縮機《コンプレッサー》回転軸の響きに交じって、野太い声が忍を呼んだ。

「――――?」

見ると、先にパーキングした隣スポットで、ホーネットの機首の下から大男がこちらを見ていた。

「受け取れ」

ヒュッ、と何か投げてよこしたので、反射的に右手で受け止めると。それは海軍サイダーのガラス瓶《びん》だった。

（……!?）

よく冷えている。

たった今、忍が『撃墜』した中年の少佐は、部下を迎えにこさせたらしい、ジープの荷台に飛び乗るところだ。運転席にホーネット隊の若い搭乗員。

「いいか、嬢ちゃん」

周囲の爆音に負けない声で、大男は言った。

「ひと言、言っておく」

「――は、はい？」

「自分の力で勝ったと思うな」

鷲頭は、自分も手にしたサイダーの栓《せん》を鑿《かじ》って開け、一口がぶりと飲んだ。その瓶で〈ファルコンJ〉の機体を指す。

「その新型戦闘機の、性能のおかげで勝てたのだ」

「――」

「だが、筋はいい。精進《しょうじん》しろ」

それだけ言うと、運転席の若者を促し、ジープを出させた。

行ってしまう。

「フフ、負《ま》け惜《お》しみを」

「――?」

気づくと、横に森高美月が立って、一緒にジープを見送っていた。

「あたしとの時は、あいつ『ハリアーの性能のおかげで勝てたのだ』って言ったよ」

「教官」

「フフ」

美月は笑うと、忍の肩をポンと叩いた。

「やったな」

「――」

そうだ――勝ったんだ、わたし……。

海に近い飛行場を渡る風が、忍の火照《ほて》った頬《ほお》をなぶった。

つい数分前――

CCV機動で宙に「立ち上がった」忍のファルコンの鼻先で腹でこするように、鷲頭のホーネットは前方へつんのめり出た。すかさず、忍は残っていた気力を振りしぼって機首を下げ、ホーネットの後尾に食らいついて機関砲のトリガーを引いた(ガン・カメラには、フレームからはみ出すような大きさでF18の双発の排気口が撮影されているはずだ)。自分はトリガーを引きながら思わず「貴機は撃墜された《スプラッシュ》」と叫んでいた。

二秒間ロックオンどころではない、直撃で撃墜である（実戦であったならば）。

「忍」

睦月里緒菜が、美月の陰から出るようにして、言った。

「すごいね、忍。見てたよ」

まだぷっくりした感じの残る頰をピンクにして、里緒菜は言った。「勝ったんだね、すごい」と繰り返す。

「ありがとう」

忍は笑うが、

「でも、あの少佐の言ったとおりだわ。今回は、ファルコンの性能のおかげで勝てた。次は『正攻法』でも負けないようにしなくちゃ」

「──」

すると里緒菜は、自分の飛行ヘルメットを両手で胸に抱えて、まぶしそうな表情になる。

「ずいぶん、差がついちゃった──」

「さぁて」

美月がパンパンと手を叩くと、飛行服の二人を促した。

「二人とも、ブリーフィング・ルームに戻って反省会だ。忍は今の空戦の軌道を最初から全部、紙に描き出して自分のやったことを分析」

「は、はい」

「あんたの機動《マニューバー》には、まだ無駄がある。〈敵〉の動きの把握も、もっと早くやれる方法があるはずだ。見つけ出せ」

「はい」

「里緒菜、あんたもだ。〈ファルコンJ〉の離陸から上昇、どうして手順がもっとスムーズに出てこない。先を読んでいないからだ。自分のやったことを、すべて紙に描き出して反省」

「――は、はい」

「よし、ぐずぐずするな。明日からは航法訓練だ。準備も大変だよ」

**●浜松沖　演習空域上空　E767**

「ううむ、見事だった」

Ｅ767早期警戒管制機の窓のないキャビンで、統合情報ディスプレーを見やりながら白い制服の中年士官が唸った。

見事な銀髪。郷大佐である。

三カ月前に〈究極戦機〉で宇宙怪獣を倒した水無月忍が、けがを治して退院し、順調に訓練を続けていると聞いて今日は視察に出てきたのである。

この日の訓練は、教官機を相手の『対戦闘機戦闘訓練《DACT》』と聞いていた。それが海軍きってのエース・パイロットを相手にしての異種間格闘戦を見られるとは、思いもよらなかった。

「さっきのあの急減速は、ＣＣＶ機動か。噂には聞いていたが、あの鷲頭のホーネットをオーバーシュートさせて撃つとは」

「郷大佐、だから言ったでしょう」

横で、細身の若い士官がうなずく。

「水無月候補生は、やっぱり天才です。これで忍ちゃんの――いえ水無月候補生のウイングマークに、文句を言う人はいなくなります」

井出少尉は、郷大佐の副官（秘書のような役目）を務めているが、防衛大学時代には幻の〈防大アイドル研究会〉初代会長をしたという経歴を持つ（現在の横須賀《よこすか》の防衛大学には、〈アイドル研〉はさすがに存在しない）

Ｅ767は窓がない代わり、機体の背のロート・ドームのレーダーによって、周囲の空域で行われる空戦の様子を情報ディスプレーに映し出すことができる。大きな円形のスクリーンでは、二機の戦闘機がどのように機動したのか、空域いっぱいを使うようにのたくり絡み合う赤と青の航跡ラインによって表示されていた。

水無月忍が、もう少しでやられかけるところを逆転した、航跡が不連続に見える部分を指さして井出はまくしたてる。

「どうです、この見事な勝利。やはり三カ月前、飛行幹部候補生の学科試験でゲタを履《は》かせて正解だったと——うぎゃ」

「井出少尉っ」

郷大佐が、中年に似合わぬ早業《はやわざ》で、おかっぱ頭の若い副官にヘッドロックをかけた。

周囲の警戒管制席の乗員たちが、驚いて注目する。

「貴様っ。国防機密を、軽々しく口にするな」

「は、はい、すいま——」

そこへ
「郷大佐」

E767の通信士官が、頭につけた通信ヘッドセットを手で押さえて、呼んだ。

「国防総省から呼び出しです。緊急です」

●西日本帝国　帝都東京
国防総省　統幕議長執務室

「郷大佐、私だ」

国防総省の中庭を見下ろす執務室で、五十代の長身の男が立ったまま受話器を手にしている。白い海軍第二種軍装の肩には、星の多い階級章。

統幕議長・峰剛之介《みねごうのすけ》中将である。

「至急、相談したいことがある。総省へ来てくれ」

峰の執務室の机には、海ツバメ色のシーハリアーの模型の傍らに、今は青い〈ファルコンJ〉の模型が並べて置かれている。

遠州灘の上空にあるE767に、執務室の回線はつながっている。受話器の向こうへ、相変わらずの困ったような渋面で峰は命じる。

「――ああそうだ、UFCの出動についてだ」

●呉《くれ》　海軍工廠《こうしょう》・戦艦〈大和《やまと》〉

カーン

カーン

金属音の響き渡る乾ドックで、水を抜かれた船台に黒い巨大な艦体が鎮座《ちんざ》している。その姿は、遠くからはクレーンの林の向こうに、黒い城のように煙《けぶ》って見える。西日本帝国海軍、現存する世界最大の戦艦〈大和〉である。

ジジーッ

ジジジジ

全長二三〇メートル超の長大なシルエットのあちこちで、線香花火のような溶接の火花。黒い天守《てんしゅ》のような艦橋には、近寄って見ると側面に深くえぐられたような傷が何本も走っている。

「艦長。怪獣にやられた艦橋、および踏み潰された右舷対高角砲群の修理は、順調です」

艦内士官食堂では、昼食時となり、白いテーブルクロスをかけた円卓で副長が湯呑みに茶を注ぎながら報告した。

「今週中には完了します」

「うむ」

森一義《もりかずよし》艦長（46歳）は学者出身の風貌《ふうぼう》を上げ、窓の外をまぶしそうに見た。

「副長。あの怪獣の、えぐった爪跡《つめあと》だが」

「は」

「あそこから、爪のかけらでも出てこんかな」

「はぁ」

「新潟の宇宙怪獣は、あれは陸軍の死体処理班が出ていって、残らず収容してしまったんだろ」

「はい」

「ま、どんな研究の材料にするのかわからんが」ずずーっ、と湯呑みの茶をすすりながら森艦長はつぶやく。「この〈大和〉の装甲をえぐったほどの強靱《きょうじん》な爪だ。かけらでも残っておれば、きっと良いペーパーナイフになったに違いない」

「はぁ、そうですね」

「記念に、是非《ぜひ》一本ほしいものだ」

そこへ、船務長の少佐が早足でやってくると、テーブルの横で敬礼をした。

「艦長、こちらでしたか。伝言であります」

「む。なんだ」

「はっ、後部格納庫《ハンガー》で作業中の、魚住《うおずみ》博士からです。『至急ＵＦＣコントロールセンターへお越し願いたい』と」

「〈究極戦機〉の修理は、順調と聞いていたが」

「は。とにかく、至急の用事とのことで」

## ●〈大和〉艦内　UFC格納庫

「空母〈翔鶴〉に比べれば手狭《てぜま》なのは申し訳ないが、博士。これでも着弾観測機用の飛行甲板と格納庫をそっくり潰しておってね」

「特別待遇は承知しておりますわ。艦長」

森が天井の低いUFCコントロールセンター（元は着弾観測機整備指揮室）へ入っていくと。長い黒髪を垂らしたシルエットが、白衣のポケットから手を出して一礼した。でもズックのデッキシューズの踵《かかと》は履き潰したまま。魚住渚佐《なぎさ》（27歳）。かつて開発主任であった葉狩真一《はかりしんいち》が失踪した今、UFCの実質的な保守整備責任者だ。

「実は、十五分前から」

渚佐は、管制室の狭い強化ガラス窓越しに、白い水銀灯に照らされた立方体のような空間を指す。

密閉された白い空間が見下ろせる。そこに、ちょうど人間がひざを折って両脚を投げ出し、うずくまるような姿勢で静止しているのは〈究極戦機〉――UFC1001だ。

「十五分前から、ＵＦＣの人工知性体が『早期警戒モード』に入りました」

「早期警戒モード……⁉」

森は、訊き返す。

「それは、なんだね」

「なんらかの危険の接近を、探知した模様です」

「危険……？」

「なんなのかは、わかりません」

渚佐は唇を嚙《か》み、頭を振る。

横顔で、遠い星間宇宙からやってきたマシンを見やる。

巨大ロボット──と海軍のパイロットたちが揶揄《やゆ》する究極の戦闘マシンは、もとは星間文明の恒星間飛翔体《ひしょうたい》として辺境開発任務に就《つ》いていたものだ。ヒトの女性のように見える頭や手足は、地球製のパーツを用いてあとから取り付けられた。

「ＵＦＣの受動《パッシブ》空間走査機能は、半径〇・五光時の範囲をカバーする、とされています。自機から約五億キロの範囲内で重力異常などが生じれば、探知できる能力があります。宇宙空間を航行する時の『物体との衝突防止』が主な目的です」

「──」

森は、渚佐を見返した。

「それはまた、物騒な話だな」

## ●浜松基地　士官食堂

「ねえ忍」

航空加給食のいちごのショートケーキが載ったトレイを前に、里緒菜が言った。

毎朝のジョギングと訓練のきつさで、ダイエットなんて気にしなくても少しずつ体重は減っている。最近では二人とも、昼に大盛りの海軍カレーと加給食にケーキと牛乳がどんっ、とトレーに載せられて出てきても「こんなにいらないわ」とは言わなくなった。

「忍は、女優やめちゃって、寂しくない？」

「ないわ」

昼食は飛行服でとるので、浜松基地の士官食堂は昼はセルフサービスだ。忍は山盛りのサラダに卓上のドレッシングを、かき氷のシロップみたいにかけ回すと、ぱくぱく食べ始める。

「本当？」

「本当よ」

「戻りたいとか、思わない?」

「う〜ん」忍はフォークを手に、顔を上げる。「わたしは、今はこっちの仕事が自分に一番向いていると思うし――好きだし。何よりみんなの役に立てるし。芸能界は、そうだなぁ――遠い懐かしいふるさと、みたいな感じかしら」

「そう」

「ね、ところでさ里緒菜」

「え」

「明日から、航法訓練じゃない。あなたとわたしで編隊を組んで、よその飛行場まで
ナビゲーションに出ていいんだって」

「あ」

そういえば、そうだった――というふうに里緒菜はうなずく。

「そっか。そうだったね」

里緒菜も今朝の慣熟飛行で、一応単独でＡＦ２Ｊに乗ってよい、と教官の美月から
お墨付き《エンドース》が出ていた。空戦機動など習うのははるか先のことだが、通常の離着陸と巡
航飛行くらいなら、里緒菜独りで〈ファルコンＪ〉を飛ばせるだろう、という判断で
あった。

「ねぇ、羽田にしない？　航法の行き先」

「羽田……？」

　里緒菜は、なぜかどきっ、とした表情になる。

「どうした」

「え、いや。なんでもないわ」

　プルプルと頭を振る里緒菜に、忍は言う。

「先輩の菅野《かんの》さんに聞いたんだけど。羽田では、わたしたちの機体を、海上保安庁の駐機地域《ランプ》で預かってもらえるんだって。整備場の駅からモノレールに乗れば、十分ちょっとで汐留《しおどめ》だし。久しぶりに、東京でランチしてこようよ」

「ランチ――？　航法訓練のついでに……？」

「そうよ」


　里緒菜は、準備の大変なナビゲーション訓練のついでにランチしてこよう、などと言う忍を見て『なんという余裕だろう』と思った。

　自分なら、コースの決定とナビゲーション・ログの作成などの準備で頭がいっぱいになって、とてもそんなことは思いつかないだろう――

　羽田では海保のランプで機体を預かってもらえる、などという情報も、いつの間に仕入れてきたのだろう。出どころが、あの菅野美雪《みゆき》……？　でもさしもの菅野美雪も、水無月忍には意地悪をしないで親切に情報をくれたのだろう。

「そうだ、着替えをザックに入れて、機関砲の弾倉スペースに収納させてもらおうよ」

忍は、楽しそうに言う。

「航法訓練では武装をしないから、バルカン砲の弾倉が空《から》だもの。羽田の海保の控え室で着替えさせてもらえば、飛行服でレストランに入らなくてすむわ」

## ●群馬《ぐんま》県　山中

「古怒田《こぬた》博士」
グォオオオッ
土煙を蹴立てて、暗緑色の幌《ほろ》をかぶった大型軍用トラックが林を抜けていく。未舗《みほ》装《そう》の山道は、開かれたばかりのようで、新しい茶色のうねるようなのぼり坂が濃い樹木の中へ続いている。
ヴォロロロッ
兵員を乗せたジープも続いて、のぼり坂を行く。荷台の陸軍兵たちは迷彩の戦闘服で、小銃を携え、背中合わせに座って周囲に警戒の目を向けている。
さらにジープに続いて大型の車体がのぼってきた。銀色の巨大なコンテナを曳《ひ》く大型トレーラーだ。

こんな山道に、どうしてこんな巨大トレーラーが——？　と見る人がいればあきれたかもしれない。ゆさゆさと揺れるメタリック・シルバーのコンテナには、保冷システムの太いダクトが天井《てんじょう》を覆い、ディーゼルのエンジン音よりも空調器のゴーッという作動音のほうがやかましい。

ゴォオオオッ
その大型トレーラーが、間に護衛のジープを挟んで、あとからあとから十数台も山道をのぼっていく。

「古怒田博士、聞こえますか」

先頭のトラックの荷台から、迷彩服の陸軍将校が軍用トランシーバーに呼びかける。

「切り身をお持ちしました。最後の梱包《こんぽう》ロットです。ゲートを開けてください」

『よしわかった、ご苦労』

ザッ、という雑音とともに応答があり、トラックの行く手で山道の終点を塞いでいた高い金属製の門が開く。

ゴロゴロゴロ——

まるで南海の孤島の、キングコングの森を封鎖している島民の作った柵《さく》みたいだな……。

陸軍将校は、トラックの通過するスペースから門を見上げて思ったが、それも束《つか》の間《ま》だ。隊列の大型車両を次々呑み込んで、金属の門はふたたび閉じていく。不気味なきしみ音はしない。施設全体が真新しいからだ。ついでにもちろん、この場所は南海の孤島でもない。旧東日本共和国《ひがしにほんきょうわこく》領に近い、群馬県の山中である。新しい送電線が何本も、山向こうから黒い森に覆われた尾根を越え、ハープの弦《げん》のように引き込まれているのが目を引く。樹木をかすめて延びる送電線を、一カ所に集中させ呑み込んでいるのが、輸送隊の目指す建物だ。

「――」

でかいな――

将校は思った。

アメリカの偵察衛星からは『発電所』に見えるよう造ったというが……。

黒に近い、濃い緑の樹木の中から、見上げるような銀色の巨大な円筒状構造物が突き出す。

銀色の円筒はぴかぴか光って、まるで異星からの宇宙船がひそかに着陸しているようにも見える。

その『宇宙船』の基部には、地下へ下っていく舗装されたスロープの入り口があって、もう何度も『荷物』を運んでここを訪れている陸軍輸送部隊の車両は、次々にブレーキ音をきしませ、慣れた挙動で円筒の地下へ潜っていく。

引き込まれている電力線のエネルギーの大部分は、地下の低温環境維持システムが消費している、と聞いた。

「――あの怪獣の切り身を保存して……。何をやっているんだかねぇ」

# 2

## ●総理官邸

「総理」

迎《むかえ》秘書官が、昼食の終わった総理執務室へ、早足で駆け込んできた。

「総理、大変ですっ」

「また何が『大変』なんだ」

西日本帝国の内閣総理大臣・木谷信一郎《きたにしんいちろう》は、出前に運ばせたソースカツ丼の蓋《ふた》を閉め、おしぼりで手を拭《ふ》いていた。

木谷は最近は、昼飯はこうして執務机ですませる。

三カ月前。シベリアの奥地で目覚めた〈宇宙怪獣〉が極超音速で日本本土へ来襲、東日本共和国の暫定首都《ざんていしゅと》・新潟を焦土《しょうど》に変えてしまった。日本のマスコミのいう『新潟宇宙怪獣来襲事件』である。〈究極戦機〉の活躍により、人類の滅亡こそ免れたが。

以来、木谷には激務が続いている。新潟が壊滅状態となったため、東西に分断された日本をふたたび統合し『ひとつの国家に戻そう』という動きが、早まったのである。

「〈東〉の復興予算を捻出《ねんしゅつ》するのに、消費税を上げないでなんとかする道筋を考えること以上に『大変』なことがあるのだとしたら、言ってみろ」

「は」

迎理《りいちろう》一郎は、脇に抱えてきたノートPCを執務室の応接テーブルに置いた。

ぱくっ、と画面を開く。

「総理。先日もご報告しました、木星軌道プラント群の全滅についての続報です。こちらでどうぞ」

「何」

国際共同で、恒星間探査船をエリダヌス星系へ飛ばす計画に、西日本帝国も参加している。

そのための水素プラントの建設が、木星周辺で始められていた。水爆推進式の巨大無人探査船の燃料を木星から採取する、大プロジェクトである。

「しかしなぁ」

木谷は、テレビ電話代わりに開かれたパソコンの画面の前に腰を下ろしながら、湯呑みの茶をがぶりと飲んだ。

「あれだろ、この木星プラントの水素で飛ぶっていう無人恒星間宇宙船。これ、〈究極戦機〉の核融合炉の複製が成功したら、全然いらなくなるんだろ」

「それはそうですが、各国共同ですでにプロジェクトに予算がついて、動き出しているんです。急にやめてしまったら、各国宇宙開発事業団と宇宙船メーカーが連鎖倒産してしまいます」

「税金の無駄だよなぁ」

木谷が眉毛《まゆげ》を下げてぼやいているうちに、画像回線が開かれた。液晶モニターに研究員らしき作業服の上半身が表れる。通話先は、帝国宇宙開発事業団《JSDA》種子島《たねがしま》宇宙センターだ。

『総理。取り急ぎ報告いたします。主任研究員の的外《まとそと》です』

「うむ」

木谷は、湯呑みの茶を飲みながらうなずく。

「木星圏のプラント群が、なんらかの原因で全滅した、という報告は聞いておる。君たちも大変だな」

『はっ、総理』

的外と名乗った三十代の主任研究員は、不精髭《ぶしょうひげ》の丸顔でうなずいた。

『実は、本日、そのことに関連して緊急事態が発生いたしました』

## ●国防総省　統幕議長執務室

「郷大佐、緊急事態だ」

郷が執務室へ入っていくなり、峰剛之介が立ち上がって言った。

「ただちに、〈究極戦機〉の出撃準備に入ってもらいたい」

「――!?」

「……??」

驚く郷と、目を丸くする井出少尉に、峰の隣から口髭の将校が「ご説明します」と口を開く。

波頭《はとう》中佐だ。

郷は、目を見開く。

この男が『説明』に出てきたということは……。

「〈緊急事態〉です。つい三時間前、木星圏から重水素プラントの製品サンプルを持ち帰る途中の無人往還船が、応答しなくなりました。南極管制センターからの誘導に、従わなくなったのです」

「――」

「――」

木星……？

唐突に出てきた単語。

「木星往還船といえば、例のあの――」

郷がつぶやくと。

「さよう」波頭はうなずく。「国際共同プロジェクトで、建造中のエリダヌス探査船。その水素燃料を供給するための木星無人プラント群に、わが西日本も参加し出資しています。これは本当は、〈究極戦機〉のボトム粒子型核融合炉が複製できるようになれば、全然いらないのですが――国際的な付き合いもあって、すぐにはやめられません」

「……」

「……」

「この木星圏のプラント群が、三カ月前に原因不明の事態に見舞われ『全滅』したことは、皆さんご周知のとおり」

「それは、聞いている」郷がうなずく。「無事な宇宙船が、向こうにあったのか」

「さよう。プラントが初めて生産した重水素を満載し、地球へ今にも帰還しようとしていた無人船があったのです。貴重な重水素一万トンと、おそらくプラントの全滅した原因を解明するデータも載せて、木星圏を発進し地球へ向かっていたのです。しかし」

波頭は、抱えていたアイパッドを、執務室の応接テーブルに置いた。

「これをご覧ください、無人往還船のフライトプランです」

波頭が操作すると。液晶パネルの画面に、立体軌道図がCGでグリグリと動いて描き出される。太陽を中心に、違う速度で公転する木星と地球の間を、公転面に沿って放物線のような曲線が伸びる。

「――」

「――」

郷と井出が覗き込むと。

それは、木星から地球へ飛ぶ――というより、木星圏を離れて太陽へ向かって落ちていく宇宙船が、途中で速いスピードで後ろから来る地球と出合ってぶつかる、というイメージの軌道だ。

「一万トンの重水素を載せていますから、このように太陽の重力を最大限利用した、低燃費軌道を取っています。地球にぶつかる寸前のタイミングで水爆推進エンジンによって推力をかけ、周回軌道へ滑り込ませるやり方です」

●総理官邸　執務室

「つまり」

　木谷は、種子島からテレビ電話で報告してきた的外主任研究員に訊き返した。

「サンプルといっても、一万トンか。その大量の重水素を満載した無人往還船が、地上からコントロールできなくなった――というのだな？」

『そのとおりです、総理』

　パソコンの画面の向こうで研究員はうなずく。

『帰還は、途中まで順調でしたが。この重要なタイミングに来て、軌道変更ができません。地球周回軌道へ乗せるための軌道変更指示――メインエンジン噴射のコマンドに、反応しないのです。このままでは地球大気圏へ突っ込んで落下し、燃えてしまうか――あるいは〈中身〉が保《も》てば、どこかへ落下して大変危ないです』

●国防総省

「この船を、地球周回軌道に乗せるための軌道変更が、うまくいかないらしい。水爆エンジンが点火しないのか制御系がいかれたのかデータ通信ができないのか、不明ですが――このままでは往還船は、このように後ろから追いついてきた地球ともろにぶつかる形で、地表へ落下します。もちろん大気圏内で燃え尽きるでしょうが、万が一〈中身〉が保てば、大変危険です。六年間の事業の成果もパーになる。そこで」

「――」

「――」

「水無月候補生に行ってもらえないか、ということです」

「そういうことだ、郷大佐」

**●戦艦〈大和〉UFCコントロールセンター**

「いいですか」

魚住渚佐は、白衣の腕を組むと、テレビ電話のモニターへゆっくり言い返した。

「UFCは、一人乗りです。補助席を無理やりつけようとすれば、できないことはありません。でも船外活動用のエアロックなんかありませんせん」

『地上から宇宙服装備で行かせるさ』

画面の中で、波頭が言う。

テレビ電話は、国防総省の統幕議長執務室からだ。

郷が〈任務〉に同意をしたので、波頭が早速、ＵＦＣコントロールセンターの渚佐に直接指示をしてきたのだ。

『地上から宇宙服を着ていって、往還船に会合《ランデブー》したらコマンドモジュールごとに減圧して、外へ出て乗り移る。もちろん無人船のブリッジへ入って直接コントロール作業を行うのは専門の搭乗運用技術者《ミッション・スペシャリスト》だ。忍は、往還船までＵＦＣを操縦していってくれればいい』

「……」

渚佐は、まだ腕組みをしている。

その横顔の向こうに、強化耐爆ガラスの窓があり、水銀灯に照らされてＵＦＣ１００１──〈究極戦機〉のヒトの女性のようなヘッドセンサーが見える。

ＵＦＣの銀色の乳房のような右胸部には、星間宇宙からやってきた人工知性体が収納されており、今朝から〈早期警戒モード〉に入って『何か』を警戒しているのだ。

「……で」

渚佐は、唇を舐めると訊いた。

「乗せていく──って、忍のほかに、誰を乗せていくんです」

『ＮＡＳＡのミッション《M》・スペシャリスト《S》を一名、アメリカが超音速機に乗せて今朝がた送り出した。フロリダから空中給油を繰り返して、もうじき浜松基地へ到着する。

水無月忍には、これより緊急に船外活動《EVA》訓練を受けてもらう。コマンドモジュールを宇宙空間で開け放つわけだし、万一の場合、本人も船外へ出ることが考えられるからな』

**●浜松基地　独身幹部宿舎　女子棟**

『水無月候補生。水無月候補生、至急基地内プールへ』

一時間後。

忍が、汗をかいた飛行服を着替え、翌日の航法訓練に備えて、独身幹部宿舎の部屋のテーブルに航空地図を広げ、プロッターと呼ばれる定規でコースの線を引いていると。

天井スピーカーが、ふいに呼んできた。

『水無月少尉候補生、至急、プール棟控え室へ』

「なんだろう？」

忍は顔を上げる。

「プールに呼ばれたの？　忍」

一緒に地図を広げて線を引いていた里緒菜も、天井を見上げる。

「うん、そうみたい」

確かに、プールと言った。

なんだろう。

プール……？

でも、

「呼ばれたんだから、行かなくちゃ——里緒菜、ここ、このままでいいかな」

せっかく、浜松から羽田へ向かう有視界飛行ルートを選んで、線を引き始めたところだ。

「行っといでよ忍」里緒菜は促す。「コースと距離、あたしが出しておくから」

「うん、お願い」

**●浜松基地　基地内プール　控え室**

「今回の〈緊急任務〉について、説明をします。水無月候補生」

渡り廊下を通って、白い少尉候補生の制服を着た水無月忍が基地内の温水プールの女子控え室へ入って行くと。

出迎えたのは、望月《もちづき》ひとみ（25歳）だった。空軍の制服。

三カ月ぶりに顔を合わせるが、久しぶりという感じがする。

望月ひとみ空軍少尉。かつてＵＦＣチームの一員として、〈究極戦機〉を駆ってレヴァイアサンとも戦った女性パイロットだ。

ＵＦＣ１００１が、地球側の設計者・葉狩真一の手によって工作され、もはや水無月忍の〈声〉でなければ動かせない、という状態にされた現在でも。やはり〈究極戦機〉をバックアップするパイロットの一人として、活動している（実際、忍のＵＦＣ初搭乗をサポートしたのはひとみである）。

「き――〈緊急任務〉、ですか……？」

「そうだ、水無月候補生」

女子控え室だというのに、ひとみの両脇には、中年の男性士官が何人も立って控えている。パイロットではなさそうだ。雰囲気が硬い。技術士官たちだろうか……？

「急ですまないが、ＵＦＣにはこれから宇宙へ行ってもらう。その理由だが――」

海軍の技術士官は、忍に木星往還船の事態を手短に説明した。

演出家にシーンの説明を、あれがああなってここでこうしてという、極めて感覚的な言い方でされて、それでもイメージを摑んで求められたとおりの演技をする、ということを女優時代に身に叩き込んでいた忍は、一回の説明で宇宙に起きている〈事態〉をおおむね理解した。

「つまり」

忍は、技術士官に訊き返した。

「わたしが、NASAのMSの人を〈究極戦機〉に乗せて、近づいてくる木星船にランデブーして、乗り移らせればいいんですね」

「そのとおりだ」士官はうなずく。「今現在、接近中の木星船に最も早くランデブーできるのは、〈大和〉に積んであるUFCだ。アメリカも月軌道船を急いで準備しているが、UFCのほうがずっと早い。現在──」

「──」

時計を覗き込む士官を、忍は見返した。

〈緊急任務〉……。

宇宙、か──

──『お姉ちゃん』

ふと、前回宇宙空間へ飛び出した時のことが、頭をよぎった。

──『お姉ちゃん、わたしにも』

（――）

忍は目を閉じて、開け、回想を打ち切った。

またあそこへ行くのか……。

急な話だな――

（あ、そうか……。でもこの仕事に就いてから、緊急事態はいつも急だったわ……）

驚くほどの、ことではない。

それに今回は――

「あとちょうど十二時間だ、水無月候補生」

「――」

技術士官の声に、忍は目を上げる。

十二時間。

いつまでのことだ――？

「地球への突入コースで近づいてくる木星往還船が、軌道を変更できるリミット・ポイントへ到達するまで、あと十二時間。〈究極戦機〉を今から準備すれば、リミット・ポイントへ六時間のところで船を摑まえることが可能だ。ただちに準備をすれば」

「そのための準備をします、水無月候補生」

ひとみが言った。

「今回は、搭乗技術者を宇宙空間で併走する宇宙船へ乗り移らせるため、ランデブーしたらコマンドモジュールを減圧し、ハッチを開きます。あなたは操縦席にとどまる計画ですが、宇宙服で機体の外へ出る必要が、万が一生じないとも限らないわ。そこで、プールを使って速成で船外活動訓練をします」

「プールで――船外活動訓練……？」

「そのとおりだ、水無月候補生」

技術士官の隣から、基地の体育教官がクリップボードを見て言った。

「ＪＳＤＡの教官に、緊急に来てもらった。潜水訓練用の深プールを開けて用意してある。訓練用の模擬宇宙服ユニットを、教官とサポート・スタッフが今、プールサイドで準備している。ただちに着替えて、プールサイドへ行ってくれ」

「はい、これ水着」

ひとみが、ワンピースの濃紺の水着を忍に手渡した。

「今回は、コマンドモジュールを宇宙空間で開けるから、いつものパイロット・スーツ一枚というわけにはいかないわ。すぐに着替えて、行って」

## ●浜松基地　屋内プール

〈任務〉は一応、極秘のはずだったが。

水無月候補生が急に宇宙へ行くことになり、そのためのEVA訓練を緊急にプールでやるらしい――という情報は、なぜか瞬く間《またたくま》に浜松基地中に伝わっていた。

忍が、左胸に錨《いかり》のワンポイントのついた水着姿で、女子更衣室からプールサイドへ出ていくと。

うぉおおっ
声にならない唸りが、競泳観覧席に詰めかけた若い士官や隊員たちの間から沸き上がった。特徴的なのは、女性の士官や隊員たちもたくさん見にきたことだ。忍は女の子にも、人気があるのである。

「こらこらこらっ」

六本木からヘリで急ぎ戻った郷大佐が、観覧席に詰めかけた基地の若者たちを「しっ、しっ」と追い払った。

「訓練の邪魔になる。おまえたち仕事へ戻れ、戻れ」

「写真は駄目ですよ、写真は」

井出少尉も観覧席の間を巡って、隊員に注意している。

「生写真なんか撮ると、国防機密法違反になりますからねっ」

「――」

忍は、素足で潜水訓練用の青い深いプールの縁に立つと、観覧席のほうへ軽く手を挙げた。

ファンサービスは、習慣のようになっている。

うわぁああっ

「みんな、ありがとう。がんばるから」

観覧席には聞こえないだろうけれど（マイクもないし）、歓声にそう応えると。忍はＪＳＤＡから来た教官とサポート・スタッフたちが待つという、潜水訓練用の深プールへ早足で向かった。

## 3

### ●独身士官宿舎　女子棟

（——なんだろう?）

わぁああ——

独身士官宿舎《BOQ》と、渡り廊下で隣合っている体育施設のほうから、歓声が沸き起こる。

里緒菜は、線を引いていたチャートから目を上げる。ちょうど、忍の呼ばれていった屋内プールも、その体育施設の中だ。なんだろう。有名なスポーツ選手でも、招かれてきたのかな……。

外の世界と、最近接触がない。テレビも観なくなった（観ている時間がない）し、宿舎ではインターネットも携帯も使えるが、フライト訓練の復習と予習で、無駄なことをする暇がほとんどない。

（なんだろう、楽しそうな声だな）

行ってみようかな、とも思うが。

明日の航法訓練の準備を、終わらせてしまわなくては――

里緒菜はテーブルに目を戻す。

広げた航法用の航空地図《チャート》。〈ファルコンＪ〉には全地球測位システム《GPS》とフライトマネージメント・コンピュータ《FMC》がついているから、ナビゲーションは本来、簡単なはずだ。しかし森高教官は「航法の基本のき、機位の確認・針路の決定・到着予想時刻の算出は、機械に頼らず自分の頭でやれ」と命じる。

忍と二人部屋のテーブルに、広げたチャートには。浜松基地から東海地方の沿岸を有視界で飛び、伊豆大島《いずおおしま》の上空から東京湾《とうきょうわん》を通って羽田空港の滑走路へ滑り込むコースが、シャープペンの線で引かれている。あとはコースの磁方位と距離を測って、ＡＦ２戦闘機の巡航速度で各区間の所要時間を割り出さないといけない。必要燃料も、計算しないと……。

「……」

里緒菜は、チャートの針路の終点を見やる。

東京湾の奥。

羽田。

「羽田、か……まさかなぁ」

まさか明日、行けることになるなんて――

さっきは、びっくりしたよな。

(――どうしようかな、明日……)

心の中で、つぶやきかけた時。

わぁあぁあっ、という歓声が、ひときわ高くなった。

「?」

それは体育施設の屋内プールで、水無月忍が観覧席の隊員たちに手を振ったために沸いた歓声だったのだが。

そんなことは、里緒菜は知らない。

「なんだろ。見にいこうかな」

椅子を立とうとすると。

ブルルルッ
テーブルの横に置いた携帯が、振動した。


「あ」

里緒菜は、液晶に表示された名前を見て、急いで携帯を開いた。

「――はい」

『里緒菜?　あたしあたし。どうしたのよ、ちっとも捉まらないんだから』

「ご、ごめん」

　里緒菜は携帯を握ったまま、思わず立ち上がってぺこりと頭を下げた。

　大切な〈情報〉を教えてくれた、短大の同級生だ。

　そのおかげで、悩みも増えたのだが……。

「昼間の訓練中は、携帯禁止なんだ。ごめんね」

『訓練……？』

　電話の向こうで、同級生は『訳がわからない』という声になる。

『訓練って、何』

「あ、いやその。急に倒れた父のリハビリを、手伝うための訓練」

　しまった、と気づいてあわてて言い繕《つくろ》う。

「大変なの」

『そう、あんたも大変だね。卒業間際になって、出張先で倒れたお父さんの看護で休学して静岡《しずおか》だもんねぇ。でも偉いよ、卒業に必要な単位は、もう取ってあったっていうんだから』

「あ、うん。うん」

『それで、あんた明日は来れるの？　面接。やっぱり無理？』

「そ、それがね」

　里緒菜は、羽田行きのコースが引かれたチャートを、横目で見やる。

「急に、行けることになった。明日の朝十一時までに、羽田」

『本当。よかったね』電話の向こうの同級生は、素直に嬉しそうな声になる。『じゃ、あんたも一緒に受けれるじゃない。太平洋航空《たいへいようこうくう》』

　同級生（当然だが、まだ聖香愛隣女学館《せいかあいりんじょがくかん》に在学中だ）は、女子大生の就職人気ランキングでは常にトップになる航空会社の名を言った。

　本当は、今年はどこの航空会社《エアライン》も『不況により客室乗務員の採用は取りやめ』のはずが、太平洋航空だけが急に新卒を採ることになり、数日前に告知をした。それを電話の向こうの同級生が、教えてくれたのだ。

　同じ会社を受けるのなら、ライバルのはずだが。

　それ以上に、航空会社の客室乗務員を目指しているという『同じ夢を持つ者同士』の連帯感のほうが、強いのだった。話していて楽しい。里緒菜のいた聖香愛隣女学館では、キャビン《C》アテンダント《A》を目指す子たちは一応、みんな仲がいい。

「う、うん……」

　でも、仲のいい同級生たちにも、里緒菜は自分が『海軍で戦闘機パイロットの訓練を受けている』ことは打ち明けていない。いや、打ち明けられない。

　すでに三カ月前、〈総理大臣命令〉によって短大も無理やり『卒業』してしまっているが、そのことも含めすべては〈国防機密〉だ。海軍に入ったことは、親と学長しか知らない。

『まったく、急に新卒募集やります、なんて発表するんだもん。こっちも焦っちゃうよ。でもやっぱり就職するなら、ＣＡがいいよね』

「あ、う、うん」

『じゃ、明日がんばろうね。試験会場で会おう』

「う、うん――」

「――」

里緒菜は、通話の切れた携帯を見下ろし、息をついた。

本当、どうしよう、明日……。

ＣＡの採用試験、か――

不況で『ない』と言われていたのに。

一時面接が、羽田の太平洋航空本社で、明日の十一時からか……。

「……」

思わず、指で携帯をネットにつないで、別のページを呼び出して見る。

〈太平洋航空　客室乗務員　新卒緊急募集〉

青いページが表れ、携帯の画面に文字が躍った。

〈国際線拡充のため、新人客室乗務員を急遽《きゅうきょ》一〇〇名、採用いたします。エントリーは当社のホームページから〉

画面の背景は、笑顔で歩いている制服姿のCAの二人連れだ。まるで里緒菜に向かって、笑いかけているようだ。

（……）

憧れだったもんなぁ……CA。中学生の頃から。

里緒菜は、携帯の画面の制服のCAたちと、部屋の壁に吊《つ》るして掛けたオリーブ・グリーンの飛行服を交互に見た。

（……どうしよう。でも忍には、相談できないよ。この間は川崎《かわさき》まで、命がけで迎えにきてくれたんだもの）

## ●潜水訓練プール　プールサイド

「水無月候補生。今日の訓練は、あなた専用のEMUの『サイズ合わせ』もかねています」

水着姿の忍を前に、クリップ・ボードを手にしたJSDAの女性教官が言った。

つなぎのフライト・スーツ姿で、四十代。テレビか、新聞で見たことのある顔だ――と忍は思った。この教官は、確か日本で何人目かの女性宇宙飛行士、と呼ばれていた人だ。

「ＥＭＵ……？」

「生命環境維持ユニット。宇宙服って、みんな俗称して言いますが、これは〈服〉じゃありません。搭乗員の胴体、手足、頭を包み込む『人間の形をした圧力容器』です。ちょっとこっちへ」

招かれると。

プールサイドには、いつの間にか白いシートが敷かれ、支援スタッフたちの手によって白い宇宙服の胸の部分、腕の部分や下半身部分などがバラバラに、いろいろなサイズでずらりと並べられている。

巨大な手袋と、ブーツもある。

まるで、バラバラにされた着せ替え人形のようだな……。

「ＥＭＵの宇宙服アセンブリは、このように各パーツに分かれていて、サイズはパーツごとに揃っていますから、あなたに合う組み合わせが必ず見つかります。はい、採《さい》寸《すん》」

女性教官がパン、と手を叩くと。

同じつなぎを着た支援スタッフの若い女の子たちが数人、立ったままの忍に「わっ」と近寄ってきてワンピース水着の身体のあちこちをメジャーで素早く測り始めた。

一応、忍のために、女性教官と女子のスタッフを急遽揃えてくれたのか。ＪＳＤＡの最大限の配慮《はいりょ》のようだ。

「教官、腕部、Ａ３です」

「同じく胸部、Ａ３」

「下部胴体は、Ａ４がいいと思われます。すごいわ、八頭身」

「よろしい。冷却下着と、生命維持装置を用意」

じゃぼんっ
水着の上に、冷却下着三層を重ね着し、宇宙服アセンブリ（自分の身体に合うサイズのパーツを組み上げてもらった）を装着し、さらにＰＬＳＳと呼ばれる生命維持装置のユニットを背負ってクレーンに吊られ、水中に入ると。

（……わっ、身動きが）

身動きが、取れない。

ただ吊られているだけだ。

宇宙服は、〈服〉ではなく〈容器〉だ、と言われたことがすぐ理解できた。

頑丈な布製（布なのかなんなのか、素材は忍にはわからない）の〈容器〉に入って、クレーンに吊られて脚から水中へ浸けられていく。二本のワイヤーでクレーンに吊られるのは、ＥＭＵ全体が一二〇キロもの重量があって、地面の上では着けたままで立てないからだ。

胸まで浸かったところで、忍の頭上から球形の金魚鉢《きんぎょばち》のようなヘルメットが下りてきた。

「そこでヘルメットを着けて。水無月候補生」

「は、はい」

すでに通信用のヘッドセットをかねたスヌーピー・キャップ——白黒の布製帽子を、忍は頭にかぶっている。その上から、肩の上を全部覆うような金魚鉢形ヘルメットがワイヤーに吊られて下りてくる。

「腕は、フリーです。自分でヘルメットを着けてみて」

「はい」

忍は両腕を、筋肉に力を入れて、上げてみた。

なんとか、動く。グローブに包まれた両手を水面に出すが、頭上から吊られて下りてきたヘルメットがうまく摑めない。

なんだ、指が動かないぞ……？

「それでも改良されて、指先が自由に動かせるようになっているのよ」

「……」

これで、ですか……？

ヘルメットの縁《ふち》が掴めず困っていると、すぐにウエットスーツを着たサポート・スタッフが左右から泳ぎ寄ってきて、忍の宇宙服アセンブリの肩の着装リングにヘルメットの縁を合わせてくれる。

ガチッ

肩から上が密閉され、空気が循環し始める。

シュー

シュゥウッ

「――」

戦闘機に乗る時のように、酸素マスクを顔に密着させたりはしないので、息苦しくはない。しかし、身動きは取れない。

ヘルメットの内面を曇らせないためだろう、エアはものすごく乾燥している。呼吸していると、たちまち喉がいがらっぽくなるが、これでは〈のど飴《あめ》〉を口に運んで嘗《な》めることもできない。

ごぼごぼごぼ

ヘルメットが密閉されると、ワイヤーがさらに下向きに繰り出され、完全に水中へ浸けられた。

ごぼごぼ

『水無月候補生、ワイヤーをリリースします。試しに、好きに水中で動いてみなさい』

「――」

返事をする前にガコンッ、と軽いショックがあり、忍の身体は宇宙服――いや人形《ひとがた》圧力容器に包まれたままで深プールの水中へリリースされた。

ふわっ

「……!?」

水中で止まれるように、浮力を調節してあったらしい。忍を包み込んだEMUは水面の下数メートルで、プールの水中に浮いて止まった。確かに、水中にリリースされると、身体を包む装備の重さはもう感じない。

だが

「……きゃっ?」

今、どのくらいの深さなんだろう――?　と頭上を見上げようとした瞬間。忍はE

ＭＵごと仰向けにひっくり返った。

ぶわっ
水中の景色が、上から下へ回転する。手足をばたばたさせるが、回転は止まらず水中で逆さまになってしまう。

『水無月候補生、ＥＭＵは背中に質量があるから、地上では気をつけないとこうなります』教官の声がヘッドセットのインカムから教える。『無重量状態で身体を動かす時には、縦軸回りに身体を動かしてもこうなります。背中に慣性モーメントを背負っている、ということを忘れずに』

わ、忘れないから助けてください――と思っていると、スキューバのタンクを背負ったサポート・スタッフが泡を立てながら泳ぎ寄ってきて、二人がかりで忍の身体を水中に『立たせて』くれる。

やっと、天地がまともになる。

「……はぁ、はぁ」

ああ、どうなるのかと思った……。

（でも宇宙では、天地――上下なんてないんだろうな）

忍は思う。

いったい、どんな感じなのだろう……？　前回、宇宙へ出た時には、〈究極戦機〉

がＧリヴァースをかけていたから、押し潰されるようなＧにただ耐えているだけだった。放射能に汚染された巨大な水塊を静止軌道外へ放り出すと、あとは人工知性体に地球へ帰還してくれるよう頼んで、自分は気を失ってしまったのだった。

わたしの方向感覚は、どうなるんだろう……。

わからない。

もう一度行ってみなければ、わからないだろう。正式に習っている時間もない。六時間後には、また地球からはるか離れた宇宙空間にいるんだ——

『水無月候補生。あなたは〈究極戦機〉の操縦席から離れないですむ予定ですが、万一のことも考えられます。機外へ出る場合に備えて、ＳＡＦＥＲ《セイファー》を使ってみましょう』

「セイファー、ですか？」

『セルフレスキュー推進装置です。あなたが背中に背負っている、生命維持装置に内蔵されています。宇宙空間で機外へ放り出されたりした時には、これを使ってコマンドモジュールへ戻ってください。宇宙ではいくら手で掻いても、水がないから前へ進まないわ』

それは、そうだろう。

推進装置がついているなら、使い方は知っておきたい。

『あなたの左腕にある、表示制御モジュールを見て。そこに〈ＳＡＦＥＲ　ＡＲＭ〉

と表示された紅いキーがあります。押して』

「――は、はい」

これか。

忍は、自分の左腕の上面部分に貼りつけられた、タッチパネルのような操作盤（表示制御モジュールというらしい）を見て、紅いスイッチを右手のグローブの人差し指で押した。

ピッ
ヘルメットの中に電子音がして、『SAFER　READY』と外国人の男の声が告げた。

『PLSSの右下部に、ハンド・コントローラが収納されているから、右手で引き出して』

「はい」

忍は、もっさりした動きしかできない右腕を、自分の身体に沿って下へ降ろすと、背中に背負った生命維持装置の下側を探ってみた。自転車のハンドルのようなものが、手に触れた。

引き出す――って、こうするのかな。

握って、手前へひっぱり出すようにすると。アームが展張して、忍の右前へちょうど操縦桿のように突き出してきた。

カチッ
そばに浮いて見ているスキューバ装備のサポート・スタッフが、『それでいい』というようにうなずき、指でＯＫサインを出す。

（こうか）

忍はうなずいて、右手で突き出してきたアームの先端の、ジョイスティックのような握りを握ってみた。

『水無月候補生、いいわ。スティックは前へ倒すとスラスターが噴射して前進します』

ヘルメットの中に、プールサイドで見ている教官の声。

『そのまま、前進してみなさい』

「は、はい――」

分厚いグローブでスティックを握ると、ＡＦ２の操縦桿をそっと持つ時とはまるで感覚が違う。

ただ親指と人差し指の間のまたの部分で、スティックを前へ押すのがやっとだ。

プシュルルルッ
（――！）

背中から突き飛ばされるように、忍の身体は水中を前へ進み、たちまちプールの壁が目の前に迫って来る。

しまった、力を入れすぎたか……⁉

どうしよう、後進は……？

どうやるんだ。

「きゃっ」

がんっ
スティックを掴みかねているうちに、忍は、自分の身体が入った〈動く圧力容器〉ごとタイルの壁にぶつかった。サポート・スタッフが後ろから引き留めてくれたので、衝撃は強くはなかったが――

冗談じゃないわ……。

ふたたびワイヤーにつながれ、クレーンで水面へ引き上げてもらいながら、忍は思った。

こんなのを着て、〈究極戦機〉の操縦なんてできないよ……。

今回は、怪獣と戦うわけじゃないから、いいかもしれないけど――

## ●プールサイド

「大丈夫よ」

訓練――というより〈体験〉といったほうがよい実習を終え、身を包んでいた船外活動用のEMU一式を取り外してもらい、水着一枚に戻った忍に女性教官は言った。

「あなたと一緒に飛ぶのは、パイロットではないけれど、宇宙飛行のベテランだから。EMUの操作でわからないことは、全部教えてもらえる」

「教官。わたしと一緒に飛ぶって――」

忍は、大がかりな装置を取り外してもらって、身体が火照《ほて》る感じだった。口で大気からじかに呼吸ができるって、こんなにありがたいのか――そう感じながら訊《き》いた。

「一緒に乗っていくMSの人って、どんな人なんですか」

「すごい人よ。私をNASAで教えてくれた。私よりずっと若いけれど、宇宙船制御の権威よ」

「教官の、教官……？」

そこへ
「水無月候補生」

制服の士官が呼びにきた。

浜松基地の、飛行運用課長の少佐だ。

「すぐ、司令部前エプロンへ行ってくれ。君と同行するMSが到着した」

「――」

MS――NASAのミッション・スペシャリスト……。

忍は、思わず滑走路《かっそうろ》の方向を見やった。

わたしと一緒に、宇宙へ行く人か。

フロリダから飛んできて、もう着いたのか。でもUFCのコマンドモジュールに、どうやって二人で乗るんだろう――？

だが考える暇もなく、

「上で合流して、すぐにハリアーで洋上の〈大和〉へ向かってくれ」

運用課長はせかした。

「時間もない、その上に飛行服を着ていってくれ。水無月候補生」

# 4

## ●浜松基地　司令部前エプロン

「はっ、はっ」

忍は走った。

司令部前エプロンへ。

水着は、外側に宇宙服アセンブリをかぶって水に入ったので、濡れてはいなかった。

そのまま水着の上に、オリーブグリーンのフライトスーツを着て、司令部前エプロンへ駆け出ていくと。すでに出迎えの人垣ができていて、着陸灯を光らせたＦ22Ｂ戦闘機が一機、ずんぐりしたグレーの機体をターンさせエプロンへ入ってくるところだ。

キィイイイン――

Ｆ22か……。

ラプターだ。初めて見る――最新鋭機だ。

（レーダーに、映らないって聞いたけど……。格闘戦はＡＦ２とどっちが強いだろう）

本能的に、機体の主翼の形状を目で探っていた。

ぐんっ

誘導員《マーシャラー》のパドルの合図で、お辞儀するように停止すると。F22は、操縦席の複座のキャノピーを上方へ開け放った。すぐに後席から、人影が立ち上がる。

(――)

よく見えない。

夜のエプロンの照明灯の下、黒いシルエットになった後席搭乗員は、搭乗梯子の最後の段をポン、と跳んで降りると、迷わずこちらへ――見ている忍のほうへ、歩いてやってくる。顔はわからない。高高度飛行用の密閉型ヘルメットをかぶっている。

「――」

この人――

くびれたウエストのシルエットを見て、忍はハッとした。

女性飛行士……?

シルエットは暗がりから照明の下へ出て、忍の前に立つと。手袋の両手でヘルメットを取った。

ふぁさっ

肩までの金髪が、水銀灯に光った。

蒼い大きな目。

（……）

三十代か。彫りの深い美人だ――そう息を呑んで見る忍に、金髪の女は「フフ」と笑うと、忍の横に立つ運用課長に向かって「あそこのパイロットを、寝かせてやって」と言った。

「フロリダから、空中給油する時以外、ずっと六万フィートでマッハ二だったの。へばっているから寝かせてやって」

「ははっ」

中年の運用課長は、威儀を正してうなずいた。

「ゲイツ博士、あなたは？」

「私は大丈夫。ずっと後席で寝ていたから。よく寝られたわ――あちち」

ハリウッド女優のような金髪美人は、笑いながら顔をしかめる。

「でもGスーツを着けて寝ていたら、あちこち痛いわ――あなたが水無月忍？」

「は、はい」

「よろしく」

金髪美人は笑うと、手袋を取って右手を差し出す。

「ど、どうも」

差し出された手を、忍は握り返す。

よかった。この人、日本語ペラペラだ——

「水無月忍、少尉候補生です」

「私は、NASAのエヴァリン・ゲイツ。宇宙船工学が専門。十七の時に、交換留学で東京の女子高に通っていたわ。原宿《はらじゅく》にもよく行った。プリクラっていうんだっけ。小さい写真のシール」

「あ、はい」

「日本は久しぶり。よろしく」

「よろしく、お願いします」

「じゃ、早速あなたたちのアナクロ戦艦へ案内してちょうだい。すぐに減圧を始めないと、出発が間に合わなくなるわ」

減圧……?

なんのことだろう——


「忍」

背中から、呼ぶ声がした。

「忍、行くぞ」

「……？」

振り向くと。

（教官……⁉）

減圧、という言葉の意味がわからずにいた忍は、目を見開いた。

飛行服を着た森高美月が、ヘルメットを抱え、すっかりフライトの支度《したく》をして立っている。

その美月の後ろには、懐かしい海ツバメ色塗装のシーハリアーFRSマークⅡが二機、針のようなピトー管を斜め上に向けて駐機している。

「そら」

美月は、手にしたもうひとつのヘルメットを放ってよこした。

バスケットのパスのように、忍はバシッ、と受け取る。

自分のヘルメットではない。貸し出し品だ。

「プールで、『水泳』に付き合えなくて、すまなかった。出発の準備をしていたんだ。こいつで今から洋上の〈大和〉へ行く」

「教官……」

そういえば、〈究極戦機〉のミッションが始まるというのに、森高美月の姿が見えなかった。

わたしと、この博士を〈大和〉へ移送するため、ハリアーを格納庫から引き出して出発準備していたのか……。もう一機は、誰が飛ばすのだろう。

「あんたは2番機の後席に乗れ。Gスーツはいらない、飛行服だけでいい。ゲイツ博士」

美月は、忍の前に立つ金髪美人を呼ぶ。

「博士は、あたしの後席に。すぐ出発します」

「わかった」

## ●太平洋　上空

キィイイインッ

浜松基地のエプロンをただちに離陸した二機のFRSマークⅡは、編隊を組んでまっすぐに沖へ向かい、洋上でさらに針路を西へ取った。

（——）

高度は、それほど高くない。2番機の後席から、前席パイロットのヘルメット越しに、月夜の海面を飛ぶ1番機のシルエットが見えている。

今夜は満月だ。眼下の凪《な》いだ海面は、月を照り返してステンレスの流し台みたいに光っている。

〈大和〉は、どこだろう――

呉で修理に入っていたって、聞いたけど……。

「月っていうものがさ」

見回す忍に、前席のパイロットが言った。

「月ってものが、こんなに明るいなんて。実感するようになったのは夜飛ぶようになってからだね」

前席で操縦桿を握るのは、菅野美雪だ。

飛行幹部候補生の、先輩である。

「そ、そうですね」

忍はうなずく。

「あるのとないのとでは、大違いですね。月」

照明の光の溢れている地上で暮らしていると、わからないが。

確かに菅野美雪の言うとおり、満月が出ている夜は、世界の様子がはっきりとわかる。海面は光って反射し、雲は白い立体となって浮かぶ。慣れると、まるで蛍光灯を点けているかのようだ。

忍もＡＦ２の課程に入ってから、夜間飛行を数回経験した。これが月のない闇夜になると、目の前に積乱雲がそびえていても気づかない。目隠しされたように真っ暗で、何も見えないのだ。

「でも」

忍は、前席のヘルメットに、意外に思って訊く。

「ハリアーに進んでいたんですか。菅野さん」

知らなかった。


菅野美雪は『後輩に意地悪《いじわる》をする』という評判があった。

忍は、やられたことはないが、入隊直後の里緒菜が『意地悪なやつにフライト前にお好み焼きを死ぬほど食べさせられた』と泣いていた。

忍も、この菅野美雪という先輩候補生は、〈小悪魔〉と呼ばれるあるアイドルにどことなく似ている――と感じていた。ニコニコ笑って、初めの印象はいい。親切そうに見える。でもテレビの歌番組の楽屋で、あとからデビューした子の衣装を隠したりする。

そういう人って、どこの世界にもいるな――

だが、

「私ね」

美雪は、〈大和〉着弾観測機として使われている垂直離着陸戦闘機《VTOL》の操縦桿を握りながら、言った。

後席を振り返っておしゃべりする余裕は、まだないらしい。二カ月前はＴ４に乗っていたのだから、機種転換訓練を終えたばかりだろう。

「輸送機に行こうかって思っていたんだけど。ハリアーにしたのよ」

「……」

そうか。

そういえば、菅野美雪はＴ４課程を修了したあとは輸送機コースへ進み、民間転職を狙うのだろう、と言われていたのを耳にした。

でも前席で話す美雪は、〈小悪魔〉のイメージとは違って、今日は大人びた声だ。

ハリアーにしたのよ——と簡単に言えるのも、ちょっとすごい。一番操縦が難しいので、中級課程での成績がトップクラスでないとハリアーは選択できない、と言われている。希望したところで、誰でも進めるコースではない。

「ハリアーは、ある人に憧れてね」

「……？」

「それで選んだの。だけどさ、言われたのよ、その人に。『やめな務《つと》まらないよ』って」

「？」

「『あんたは使い物にならない』って、言われちゃったのよ。その人に。『いいか、こいつは地球上で一番デリケートで敏感《びんかん》な航空機だ。だから周囲への配慮が欠けているようなやつに、ハリアーの操縦はできない』って」

「……はぁ」

「菅野美雪。あんたは、自分一人で一人前になったような顔をしている。感謝が足りない――って。もう言われた、言われた。じゃあどうすればいいんですか？　って訊いたら、周囲への配慮ができるようになるためにはなんでもいいからまず感謝しろって。みんなに感謝。天気に感謝、機体に感謝、自分がねじ伏せた敵にすら感謝しろ。『あたしは腹の中で感謝しているからこそ、上官にタメ口もきけるんだ』って、その人は言ったわ」

「……」

「だからね。とりあえず私、後輩の皆さんには親切にすることにしたのよ」

クスッ、と前席で美雪は笑った。

あ――と、忍は感じた。

大人っぽくなったように感じたけど……。やっぱりあんまり、変わってない。

「〈大和〉が見えたわ」

**●戦艦〈大和〉統合情報作戦室《CIC》**

「スワロー・リーダー、こちら〈大和〉進入管制。ただいま、物資輸送任務のヘリ《CB》が後部甲板から離艦するところです。艦の周囲を一周回って待機、甲板クリアーの合図を受けてから着艦してください」

窓のない〈大和〉CICの一角、航空管制用のレーダー・ディスプレーに向かった管制オペレーターの女性士官が通信ヘッドセットに言う。

「現在、〈大和〉の進行速度、風上一八〇度へ向け一〇ノット」

『了解した』

スピーカーに、接近中のハリアーの長機から声が入る。

戦艦〈大和〉は、大修理を受けていた呉のドックを、夕方大急ぎで出港してきたばかりだ。緊急招集に間に合わなかった乗組員《クルー》は、やむなく置いてきた。

『みんな元気か』

ハリアー長機の女性パイロットの声が訊く。

「はい、みんな待ちかねていますよ。お帰りなさい森高――」

すると、

「待ちかねてませんっ」

突然、横から飛行服の腕が管制卓の卓上マイクを引っ掴むと、「あ、ちょっと」とオペレーターが制止するのも構わず、スピーカーへ怒鳴りつけた。

「言っておきますが、『遊び』はなしですよ森高中尉。艦橋の周りをぐるっと一周してみせたり、煙突の上で脚出して跳ねたりするのもなしですよっ。今、飛行甲板で大事な荷下ろし作業中なんですっ」

『なんだ、あんたか』

森高美月の声が、つまらなそうになる。

『どうして、あたしのやりたいことが全部わかるのよ。秀太郎《しゅうたろう》』

「そんなこと、わかりますよっ」

迎《むかえ》秀太郎少尉は『双眼鏡を前肢で持つ黒猫』のワッペンをつけた飛行服の肩を、怒らせた。ワッペンには〈WY001〉の文字が刺繍《ししゅう》されている。美月の後席に乗っていた頃から、ずっとつけている着弾観測飛行隊の部隊マークだ。

「いつも言っているでしょう。あなたのように周囲へ配慮のない人は、本当はハリアーに乗っちゃ駄目ですっ」

## ●シーハリアー1番機　コクピット

「うっさいわねぇ」

美月は、酸素マスクを外した口を尖《とが》らせると、管制オペレーターの指示のとおりに操縦桿を軽く右へ傾けた。

キィンッ
眼下の海は、豊後水道《ぶんごすいどう》を出たばかりの太平洋だ。

前方の海面に見えてきた、白波を曳いて進む黒い戦艦のシルエットに、追いつくように並ぶ。

2番機がついてくるのを、キャノピーのバックミラーでちらと確認しながら、着艦待機パターンに入る。〈大和〉本艦を中心に、楕円状の軌道を描いて旋回するのだ。

高度は五〇〇フィート。

「あいつ年下のくせに、ああやっていっつも人に説教ばっか――あれ？」

美月は、追い越した黒い巨大な戦艦の、後部飛行甲板に見えたものに眉をひそめる。

なんだろう。

月光の下、後部甲板でシルエットになって見えるのは、CH54大型輸送ヘリコプターだ。巨大なローターを回転させ、今にも離艦しようとしている。

その横に、降ろされたばかりに見える、銀色の円筒形コンテナのような物体は
——？

「博士」

美月は、後席に乗せたＮＡＳＡの女性科学者に訊いた。

「博士、あのコンテナはなんですか？」

## ●〈大和〉後部飛行甲板

「こんなの、艦内に収容するスペースはないわ」

鋼鉄製の石舞台古墳《いしぶたいこふん》のような、戦艦〈大和〉第３主砲塔のさらに後ろ。軍艦旗のはためく最後部飛行甲板では。

ＣＨ54大型輸送ヘリコプターが離艦して飛び去ってしまうと、あとには月光の下に真新しく光る、銀色の円筒型コンテナのような物体が残された。仮設プレハブハウスくらいの大きさがある。

「ここへ置いたままにするしか、なさそうね。飛行甲板の右半分を潰してしまうけど」

魚住渚佐は銀色の円筒を見上げて言った。

白衣が、夜の潮風にはためいている。

「ＵＦＣの発進の時は、どうするんです？」

　甲板要員の下士官が訊くが。

「飛行甲板をオープンさせる時には、一緒に海へ転がして捨てるしかないわね。どのみち一度しか、使わないんだし」

「ハリアーが来ます」

●シーハリアー2番機　コクピット

『ＷＹ002、こちら〈大和〉進入管制。飛行甲板は一度に一機しか降りられません。002はそのまま進入復行《ウエーブオフ》して上空待機』

「了解」

　1番機に続き、菅野美雪の操縦するＦＲＳマークⅡは巨大な戦艦の白い航跡を曳く艦尾へアプローチしていくが、進入管制の無線指示によって降下をやめ、〈大和〉右舷を追い越すように飛び過ぎる。

「――!?」

　忍は、後席で目を見開く。

　ちらっ、と甲板の様子が左下に見えた。美月の操縦するＷＹ001――ハリアーの1番機が、銀色の円筒のような物体の左横へ降りていく。

これが〈大和〉か——

〈究極戦機〉の新しい母艦になったと聞く。

あの銀色の女性型のボディ——星間飛翔体改造の人型戦闘マシンは、眼下に白波を蹴立てる巨大な戦艦の、後部飛行甲板の下に格納されているらしい。

発艦する時は、どうするのだろう。

前にUFCに急遽乗り込まされ、シベリアの宇宙怪獣を撃退しに出撃した時は。

UFCは空母〈蒼龍《そうりゅう》〉の広大な甲板に、剝き出しで寝かされていたのだ。

あの戦艦の艦尾に、いったいどんな姿勢で収容されているのか——

UFCに触るのは、前回の「出撃」以来になる。

（いつも急だな——）

# 5

## ●種子島　ＪＳＤＡ宇宙センター

「これが、木星船の現在位置です」

不精髭の三十代の男――ＪＳＤＡの的外研究主任は、管制センターのメイン・スクリーンを見上げてインカムへ告げた。

頭につけた通信用インカムは、今、遠く帝都西東京の首相官邸につながっている。官邸へは、これで二度目の報告だ。メイン・スクリーンのＣＧ画像も、まったく同じものが、同時に通信回線で官邸執務室へ送られているはずだ。

「直線距離で、地球から約一〇〇万キロまで接近しました。ぐんぐん近づいていますが、間もなく月の陰に入るので、地上からの光学観測では見えなくなります」

的外研究主任は、管制席から立ったままでインカムに説明をした。不精髭は、彼一人だけではなく、同じ列の管制席に着くほかの研究員・管制員たちも似たような風体《ふうてい》だった。ここ種子島では毎日きちんと髭を剃《そ》っても、仕方がないのである。研究員たちはほとんど独身か単身赴任（妻帯者《さいたいしゃ》も、子供がみんな秀才だから家族は進学のため僻地《へきち》に来たがらない）だ。生活環境は、みんなで住む宿舎と管制センターの行き来だけだった。外が暑いだけで、あとは南極観測隊と大差はない。女性従業員に中国のスパイが多いからと、数年前に公安警察が島のバーなど風俗営業を一掃してしまってからは、その傾向はさらに顕著《けんちょ》となった。身なりを気にする者が、ほとんどいない。

「NASAからの連絡では、依然、船は軌道変更の噴射をせず、南極管制センターからの遠隔操作にも反応しません。このままでは、地球衝突まで約十二時間。軌道変更のデッドラインまでは、あと——」

## ●永田町《ながたちょう》　首相官邸

「総理。あと十二時間以内に、メイン・エンジンの噴射ができなければ〈最悪の事態〉になります」

種子島からの報告を、ノートPCの画像通信で受け取った波頭が、執務机の木谷に報告した。

「しかも、これからしばらくは、接近する木星船が地球から見て月の陰に入るので、われわれは地上から望遠鏡で見ることができなくなるそうです」

「だけど、あれだろ」

木谷信一郎は、執務机でほかの予算関連書類もめくって見ながら言う。

「いざという時は、〈究極戦機〉に木星船を押させればいいんだろ」

「いざという時は、それも『あり』ですが」

波頭は、入ってきたほかの報告にも目を通しながら言う。普通のノートPCに見えるが、波頭中佐の使うノートは、陸軍情報局の特別仕様機だ。

「積み荷だけで質量一万トンあまり、全長三三〇メートルという、巨大宇宙船です。UFCで摑んで押す――といっても、正確に軌道へ投入するのは容易ではありません。前回のように、氷の塊《かたまり》を宇宙の彼方《かなた》へ投げ飛ばすのとはわけが――あ、待ってください」

「どうした」

「浜松沖の戦艦〈大和〉と、第二水産研究所から、同時に報告が入りました。〈大和〉では水無月忍とNASAのMSが、たった今〈減圧タンク〉に入ったそうです。第二水産研究所からは――なんだろう、この報告は」

「第二水産研究所……?」

「あぁ失礼、陸軍のコードネームです、総理。例の怪獣の『切り身』を冷凍保存して調べている、研究施設のことですよ」

## ●群馬県　山中　陸軍秘密研究所

「止めろ」

古怒田博士は、解析ルームのメイン・ディスプレーでスクロールさせていた画像の一枚を指した。

「止めろ。見ろ。また古い傷だ、これはどこだ」

「はい博士」

解析システムを操作する助手が、象の体表面の一カ所を虫眼鏡で拡大したような透視画像の一枚が、その〈対象物〉の全体のどこであるか検索する。

「切り身ナンバー07892のA。ガーゴイルの、右大腿部《だいたいぶ》の一部です」

「――」

「博士?」

「――」

主解析ルームは、この山中に造られた秘密研究所の、中枢《ちゅうすう》だ。

もともと木谷首相が、無駄な公共事業のダム建設費用をそっくり転用して極秘裏に造らせたので、この研究所の本体構造は水力発電所の設計図を流用している。施設の頭脳である主解析ルームも、水力発電所の管制室と同じ造りだ。ガラス張りの広い窓の向こうでは、大型発電機四基を据《す》えられる広大な半地下空間が、そっくり巨大な〈冷凍庫〉にされている。

今、何段階にも生物学的遮蔽《しゃへい》のされた密閉巨大冷凍庫の内部空間では。陸軍によって十数回のピストン輸送をされ運び込まれた灰色の〈肉塊〉――彼らの隠語《いんご》でいう『切り身』が所狭しと並べられ、ロボットアームに載ったカメラがはしっこい小型恐竜の首のように動き回り、それらの表面をくまなく撮影して回っている。

「博士」

「――うむ」

ディスプレーに拡大されているのは。数カ月前〈究極戦機〉によって倒された〈怪獣〉の、バラバラにされた肉塊の表面である。

そこに、傷――古怒田博士の言う『古い』傷が、年月では消されきれない溝のようになって、残っているのだ。

「あの姉ちゃんのロボットで、ひっかいたものではない。古すぎる」

「はい」

「かといって、何かにぶつけてついたにしては、この形状は鋭く、深すぎる」

「は、はい」

助手がうなずいたところへ、もう一人の研究スタッフが離れたコンソールから「博士」と呼んだ。

「博士。首相官邸とつながりました。波頭中佐が出られます」

「わかった」

## ●永田町　首相官邸

「博士。波頭です」

波頭は、総理執務室の応接テーブルにノートPCを広げたまま、テレビ電話モードの液晶画面に呼びかけた。

「緊急の報告とは、何事です」

『波頭中佐。君か』

画面の向こうに姿を現した老科学者は、新潟に宇宙怪獣が襲来した事件の時と、ほとんど同じ格好――くたびれた白衣姿だ。伸びた白髪《しらが》が爆発寸前のように見える。

『単刀直入《たんとうちょくにゅう》に訊くが。今現在、何か宇宙に異変はないか？』

「――異変……？　宇宙に、ですか」

波頭は唸る。

「博士。もともと宇宙は、異変だらけだと思いますが。何をもって『定常な状態』といえるのか、わかりませんし――」

『あぁ、すまんな。質問を変えよう』

　ごほん、と老科学者は咳払《せきばら》いをする。

『では中佐。訊くが、どこかに怪獣がもう一匹、探知されていないか。地球上か、地球の周辺にだ』

「――――は？」

## ●遠州灘　戦艦〈大和〉

「いったいなんでまた」

　UFCコントロールセンターへ入るなり、森高美月が声を上げた。

「忍を、あんなタンクに押し込んで、自転車こがせるのよっ。宇宙へ行かせるんだろ」

〈大和〉の飛行甲板が、よけいな銀色の円筒形物体を据えたため手狭になり、ハリアーを収容できないというので、美月はわざわざ随伴《ずいはん》する護衛イージス艦〈摩耶《まや》〉に着艦してからヘリに乗り換えてやってきたのだ。

　美月も『元』がつくとはいえ、〈究極戦機〉の正パイロットである。水無月忍のミッションには教官として付き添い、指示や助言を与える役目だ。

しかし。

飛行甲板下の格納庫を見下ろす、ＵＦＣコントロールセンターへ駆け込んでみると。

郷大佐をはじめ、いつもの面々が覗き込んでいたのは、遠隔モニターの画面だった。減圧タンク――飛行甲板に置かれたあの〈円筒〉の内部を、リアルタイムで映しているという。

美月は、訳がわからない。

画面では水無月忍が、プールでの訓練の時のままの水着姿で、トレーニング用のサイクル・マシンを一生懸命こいでいるのだ。

なんだ、これは……⁉

「おう、森高」

浜松基地を出たのはあとだったが、ヘリの直行便で美月より先に〈大和〉へ来たらしい、郷大佐が振り向いて迎えた。

「遅かったな。水無月候補生は、もう減圧タンクに入ったぞ」

「減圧タンク――って」

「宇宙へ行くためです」

横から、四十代の女性教官が美月に言う。

「純粋酸素〇・三気圧の環境に、ああやって身体を慣らすのです」

「――〇・三？」

「森高。ＪＳＤＡの渡羽《わたしわ》教官だ」

郷が、手で指して紹介した。

「日本で三人目の、女性宇宙飛行士だ。こうして搭乗員教官もしておられる」

「い、四人目ですわ、大佐。『三人目』は帝国《ていこく》テレビの女子アナに取られました」

「このように、謙虚《けんきょ》な方だ」

「よろしく森高中尉。渡羽鷗《かもめ》です」

「あ、そう」

だが美月は、差し出された右手に気づかぬふりをして、遠隔モニターの画面を不満そうに見やる。

減圧タンク、というからには〈円筒〉内部の空気は薄いのだろう。水着姿で自転車をこがされている水無月忍は、つらそうな表情だ。顔色もよくない。

「でも宇宙へ行くっていうんなら、こんなしちめんどくさいことやってないで、さっさと〈究極戦機〉を発進させればいいじゃないですか」

「森高中尉。今回は、ミッション・スペシャリストを同乗させ、宇宙空間でコマンドモジュールを開くのです。ＵＦＣにはエアロックがありませんから」

「――」

「水無月候補生にも、ＥＭＵを着装してもらいます。そのために初めから、コマンドモジュール――すなわち〈究極戦機〉の操縦席を、宇宙服アセンブリの内側と同じ『純粋酸素〇・三気圧』の状態に減圧して出発させるのです」

「宇宙服ってのは森高」

郷が口を挟む。

「内側を地上と同じ一気圧にしてしまうと、宇宙空間では風船みたいにぱっつんぱっつんに膨《ふく》らんで、身動きもへったくれもなくなるそうじゃないか」

「――それは、聞いたことあるけど」

美月はモニターを横目に、なおも口を尖《とが》らせる。

「なんで自転車」

「時間短縮です。森高中尉」

モニター画面の様子を指して、女性教官――渡羽鷗が説明する。

「一気圧に慣れた身体を、〇・三気圧に慣らすには、通常十二時間かかります。それを五時間ですませるには、ああして減圧タンク内で運動させるしかありません」

だが、

「気に入らないわ。今回のミッション」

美月は横目で、画面を見たままだ。

小型潜水艇のように狭い円筒空間の中で、忍と自転車型マシンを並べ、金髪の三十代の女性飛行士がタンクトップ姿で汗をかいている。本職の女優だった忍と並べても、遜色《そんしょく》ない美貌《びぼう》。素《そ》っ気《け》ない角形モニターの映像だが、まるで映画の一場面のように見える。

「だいたい、MSを乗り移らせて船のシステムを復旧させるなんて、しちめんどくさいことするより、UFCで直接押せばすむことじゃない」

「そう簡単にいくか」

「いくわよ」

美月は腕組みをする。

「地球へ落ちてくる、でかい隕石《いんせき》を押し出すわけじゃなし――たかだか一万トンの宇宙船一隻、軌道へ投入するなんて軽いものよ。あたしが地上からバックアップして、指示を出してもいいわ。そうさせてくださいよ郷大佐」

## ●永田町　首相官邸

「――古傷……？　なんです、それは」

波頭は、老科学者の報告に眉をひそめる。

古怒田は京都帝国大学の現役の教授だ。

理論派で知られている。なんの確証もなく、首相官邸へ〈緊急連絡〉をしてくるはずはない。

『あのガーゴイルの体表面を走査《スキャン》した結果』

テレビ通話の向こうで、古怒田博士が言う。

『外部からの応力により皮膚組織が損傷した痕、といえるものがあちこちから複数見つかった。応力を与えた原因物体を現在、解析中だ』

「面白い発見かもしれませんが、どこが緊急――」

『緊急じゃよ。波頭くん』

白髪の科学者はうなずく。

『思い出してみたまえ。ガーゴイルは北極圏のフィヨルドに動物の骨ででかい〈塔〉を立て、宇宙空間へ振動波による「信号」を発振した。何分間、何を発振したか、記録はあるか』

「調べれば、わかりますが」

波頭はうなずく。

「博士は、あの骨の〈塔〉からの信号によって、宇宙からガーゴイルの『同類』が飛来すると――」

『飛来するのがやつの同類なら、まだいい』

「――は？」

まだいい……？

『波頭くん』老科学者は、声を低めた。『わしの直感とイマジネーションに引っかかったのは、それよりもっと恐ろしい〈仮説〉だ』

## ●〈大和〉　ＵＦＣコントロールセンター

「郷大佐。ちょっと」

美月が、郷の白い第二種軍装の上着の袖をひっぱった。

「なんだ、森高」

「話がありますから。ちょっと」

美月は、銀髪の中年士官を、天井の低いコントロールセンターの端っこまでひっぱっていくと。小声で言った。

「大佐。あたし」

「なんだ、何か告白したいのか」

「冗談はやめてください」

美月は切れ長の目で、コントロールセンターの管制卓のほうをちらと見やった。

ここの主である白衣姿の魚住渚佐、副官の飾章《しょくしょう》をつけた井出少尉、それにサポート・スタッフらが、遠隔モニター画面を覗き込んでいる。

「〈究極戦機〉にNASAのMSを乗せてやるっていうの、やめたほうがいいと思います。そりゃ、専門家に木星船のシステムを直させたほうが、確実かもしれないけど」

「UFCの〈手〉で押して、万一うまくいかなくてわれわれの責任にされるより、ずっといいんじゃないのか。あのMSは日本語がペラペラで、水無月候補生ともコミュニケーションが取れる」

「そこが問題です」

「何」

「いいですか」

美月はまた、モニターの設置された管制卓を見やった。

袖に〈NIPPON　WEST〉と円形のワッペンをつけた、青いフライトスーツの女性教官――渡羽鷗がモニターを見ている。画面の中には自転車をこぐ忍と、金髪の女性MS。

「さっき、わざとあたしの後席に乗せてみたんですよ。あのMS」

「？」

「なんか、妙に馴れ馴れしいのが気になって」

「どこか、おかしいのか」

「おかしいですよ」

美月はさらに声をひそめる。

「あのエヴァリン・ゲイツって女――日本語が妙にペラペラだし。それにあたしのことを、よく知っているんです」

「調べてきたんだろう。おまえはＵＦＣの元・正パイロットだし。一緒にチームを組むなら――」

「変なんですよ」

「何が」

「あの『ゲイツ博士』、本当に十五年前、東京の女子高へ来てたんですか」

「――？」

どういうことだ――？　と怪訝《けげん》な顔をする郷に、美月は小声で言う。

「だって、プリクラが一回十円だったっていうんですよ」

だがその時、

「森高中尉」

管制卓のコンソールから、魚住渚佐が呼んだ。

「ＵＦＣのコマンドモジュールの、減圧テストをするわ。手伝って」

**●浜松基地　独身士官宿舎　女子棟**

「すかー、すかー」

　里緒菜は、翌日の航法訓練に備えて羽田までのコースの計算に取り組んでいたが、いつも居眠りする時に起こしてくれる忍がいないので、テーブルに広げた航空地図に突っ伏したままいつしか寝てしまった。

　昼間の疲れが出るのは、いつものことだ。

「すかー」

　今回もまた、忍がどこへ呼ばれて、どこへ出動しようとしているのか、里緒菜には何も知らされていない。

〈究極戦機〉の随行支援戦闘機《サポート・ファイター》のパイロット候補ではあったが、まだ訓練生なので里緒菜は今回も蚊帳《かや》の外であった。

「すかー、すかー」

**●群馬県　山中　秘密研究所**

「博士」

解析プログラムを走らせていた研究員が、画面から顔を上げて呼んだ。

「博士。総計すると、ガーゴイルの残骸《ざんがい》の体表面についていた〈古傷〉は、全部で五十六カ所です。それも解析によると五十六個の傷すべてが、『同時』につけられた可能性大」

「なんだと」

古怒田博士は、首相官邸と話していたテレビ電話に「失礼、あとで報告する」と告げると、立ち上がって研究員のコンソールを覗き込んだ。

「五十六カ所、『同時』につけられた、だと？」

「お待ちください。今ばらばらの『切り身』を元の形状へつなぎ直し、五十六カ所の〈傷〉すべてを体表面の本来の位置へプロットします」

「うむ」

「ご覧ください」

ピッ
主解析ルームの窓の向こうの〈冷凍室〉に転がっている数百個の肉塊――もはや動

かない宇宙怪獣の残骸が、ディスプレーの画面の中で三次元モデルとして組み上げられていく。

立体パズルが、映像の逆回転で元に戻るかのようだ。黒い画面の仮想空間に、数カ月前倒された凶暴な巨体が、再現される。

そして――

「〈傷〉の位置は、赤い点です。出します」

ピピッ
すると、

「――！」

「――⁉」

研究員と古怒田博士は、同時に息を呑んだ。

「こ」

「むう。これは――」

# 6

## ●戦艦〈大和〉

翌・午前四時。

窓のない戦艦〈大和〉統合情報作戦室で、戦術情況ディスプレーの画面に向かう女性要撃管制官が、眠そうな目をこすりながらインカムに報告した。

「こちらCIC」

〈大和〉を中心とする艦隊のレーダーが上空をスイープし、得られた索敵情報が集約され、円形の画面に映し出されている。

艦隊は、〈大和〉を真ん中に、護衛のイージス艦〈摩耶〉と駆逐艦が数隻。今回は空母は伴っていない（〈翔鶴〉が大修理中だから、〈大和〉の狭い艦尾にUFCを押し込んでいる）。

「艦隊輪形陣の外側五マイル、高々度に飛行物体。識別を確認。米国のコブラボールです」

## ●同　UFCコントロールセンター

「何」

艦内回線で報告を受けた郷大佐が、思わず低い天井を見上げる。

「上空に、米国の電子偵察機だと？」

「どういうことでしょう」

井出少尉も眉をひそめる。

「米国は、同盟国ですが。しかし、こちらの艦隊にＲＣ135を忍び寄らせるなんて――

そんな『覗き』みたいな真似《まね》を」

「軌道追跡のために飛来したんですわ」

だが横から渡羽鷗が「なんでもない」と言うふうに口を挟んだ。

「共同オペレーションのためです。〈究極戦機〉は予定どおりに発進を」

## ●同　後部飛行甲板　減圧タンク

「スレンダーで、いいプロポーションだわ」

小型潜水艇のような円筒状の狭い空間で、水着の上にＥＭＵを着装していくのは一苦労だ。

忍は、冷却下着三枚を自分で身に着けたあとは、ほとんどエヴァリン・ゲイツ博士に後ろから手伝ってもらわなければならなかった。

「鍛えているのね。筋肉も程良くついているわ」

「ど、どうも」

一緒に飛ぶミッション・スペシャリストが女性で良かった──とは思った。

でも、

「食べてしまいたくなるわ」

宇宙服アセンブリの上半身部分を、背後からかぶせてくれながら金髪の女性科学者は耳元で言う。

「──えっ」

「フフ、冗談よ」

カチッ、と腰のリングでアセンブリの上下が固定される。

五時間も一緒に並んで自転車をこいで、いろいろ話して仲良くもなった。どうにか身体も『純粋酸素〇・三気圧』の環境に慣れたらしい。

でも、このゲイツ博士は時々、忍を蒼い目で見つめて「可愛い」とか言うのだった。

（……）

この人と二人っきりで、地球から八〇万キロの宇宙空間へ行くのか――

まいったな……。

『水無月候補生、ゲイツ博士』

天井スピーカーから、魚住渚佐の声。

『EMUの着装が完了したら、ヘルメットを閉じ、ご足労《そくろう》ですがUFCのコマンドモジュールまで歩いてください。二人が乗り込んだら、コマンドモジュールを減圧します。こちら側のシステム・テストは完了しています』

「わかったわ」

忍よりも先に、金髪美人は天井へ応える。

「すぐに出ます――忍、ごめん。私の後ろの固定具を、確かめてくれるかしら」

「は、はい博士」

「『博士』はよして」

## ●UFCコントロールセンター

「――」

白衣の魚住渚佐は、腕組みをして飛行甲板を映し出すモニターを見やった。

銀色の円筒――減圧タンクの外観が映っている。

白い蒸気《じょうき》とともに、側面のハッチが開くところだ。

ふたつの白い宇宙服――ＥＭＵが、モコモコした縫《ぬ》いぐるみのように円筒の側面ハッチから出てくる。すぐにＪＳＤＡのスタッフらしき人影が左右から駆け寄ると、ふたつのＥＭＵが歩行するのを補助する。まだ生命維持ユニットは背負っていないが、それでも〈宇宙服〉は相当な重さなのだろう。

のたり、のたりとした足取りで、ふたつのシルエットは飛行甲板から〈究極戦機〉の格納庫の入り口へと進んでいく。

「あれだけ大変なら、冗談のひとつも言ってみたくなるのはわかるけど」

「……？」

渚佐がつぶやくのを聞いて、井出少尉がその横顔を見やる。

黒髪に縁取られた白い横顔は、井出に見られているのを意識しているのかそうでないのか、フッとため息をつく。

「本気だとすれば、ずいぶん愛のない口説《くど》き方だこと」

## ●〈究極戦機〉格納庫

「こんな狭い空間に、押し込められて文句も言わないんだから。人工知性体には感謝しないとね」

ひざを折るような姿勢で静止している白銀の機体を見上げ、望月ひとみが言った。

一人だけ空軍の制服のひとみは、浜松基地からは郷大佐らと一緒にヘリで〈大和〉へ到着し、早速UFC格納庫でコマンドモジュールの調整作業にかかっていた。

「もっとも、『ありがとう』を言おうにも、わたしたちには直接、対話はできないわけだけど――美月、あなたは〈彼〉と話したことある？」

「ないよ」

隣で見上げる森高美月も、頭を振る。

ひとみも美月も、以前はこの見上げるような白銀の女性型マシンを操る専属パイロットだった。

現在では、〈特殊な事情〉により、この〈究極戦機〉UFC1001に搭乗して操ることができるのは、地球上で水無月忍ただ一人だ。

かつて三人いたUFCチームの女性パイロットたちは、〈究極戦機〉が出動する時には、地上でサポート役に徹するしかない。

「あたしは、ない」美月は飛行服で腕組みをして言う。「有理砂《ありさ》も『ない』と言ってた。〈彼〉とじかに会話したことがあるのは、葉狩博士一人だけじゃないのか」

水銀灯を浴びて、うつむくように静止しているヒトの女性のようなヘッドセンサー。彫像《ちょうぞう》の女神のようなその『顔』は、無表情にこちらを見ているようでもあるし、見ていないようでもある。

「――」

美月は、そのヘッドセンサーの『顔』を見上げた。

あたしも、この機体で宇宙まで出たことはない……。

さっき郷大佐の前では、見えを切ったが。自分は宇宙へ出た忍に、どれだけのアドバイスをしてやれるだろう――

そこへ、

ガコンッ

格納庫の天井ハッチが開くと。

リフトに乗って、白いモコモコしたシルエットがふたつ、ＵＦＣが静止している格納庫床面へと降りてくる。

「忍」

美月は思わず駆け寄る。

補助するスタッフに両脇から支えられ、肩に旭日旗《きょくじつき》のワッペンを縫い付けたEMUが先に、続いて星条旗のワッペンをつけたEMUが、剝き出しのリフトから降りてくる。

「忍、大丈夫か」

駆け寄った美月が、ヘルメットのバイザーをポンポンと手ではたくと、忍は、金魚鉢のような巨大なヘルメットの中で笑顔を見せ、右手を挙げてみせた。

EMUの内側は『純粋酸素○・三気圧』に減圧されているから、もうヘルメットを取ってじかに話すことはできない。

「搭乗させます」

JSDAのスタッフが、美月に離れるよう促す。

「どいてください」

●UFCコントロールセンター

「水無月候補生、聞こえますか」

モニター画面のひとつに、〈究極戦機〉のコマンドモジュール内の映像を呼び出して、渚佐はマイクに呼んだ。

整備用クレーンからワイヤーで吊られて、ふたつの白いモコモコしたシルエットが前後の座席に収まるところだ。

操縦席の後ろに展開された補助席は、もともとUFCのコマンドモジュールにオプションとして装備されていたものだ。普段は折り畳まれ、操縦席を囲む球状の全周モニターのパネルの一枚の下に、収納されている。このコマンドモジュール――人間の乗る球形操縦席は地球製だから、これは葉狩真一の設計だ。

「シートに着いて、ハーネスを着装し終えたら、親指を上げて合図して。ゲイツ博士も」

## ●JSDA種子島宇宙センター

「主任。変です」

ずらりと並んだ管制卓のひとつから、データリンク担当の技師が呼んだ。

「南極管制センターとのリンクが――」

「どうしたっ」

的外研究主任が駆け寄ると、木星船の軌道制御情況を表示していたはずの卓上ディスプレーが、エラーを示す三桁《けた》の数字で真っ赤になっている。

「データが来ないのか。どうした」

「わかりません」

顎鬚《あごひげ》を伸ばした技師は、キーボードをせわしなく操作する。

「代替《だいたい》回線を——いや、駄目です。データリンク、途絶しました。復旧しません」

「木星船の制御システムの情況が、これではわからない。MSを移乗させて復旧させても、直ったかどうかわからないじゃないか」


木星往還船は、国際共同プロジェクトなので、開発主体は米国のNASAだが、運用の管制業務は南極の〈国際共同宇宙管制センター〉で行われている。

最初に『木星船が軌道変更噴射をしない』と知らせてきたのも、南極の管制センターだ。

「主任、木星船の位置データも、送ってこなくなりました」

別の技師が、顔を上げて報告する。

「木星船の位置、ロストします」

「何っ」

今、月の向こう側に隠れているはずの、木星船の位置データも送られてこないというのか。

これでは、木星船が今この瞬間どこにいるのか、正確にはわからない。噴射をしていないのだから、位置の推定積算はできるが――

「いや、まずいぞ。これから〈大和〉のＵＦＣが発進するというのに」

「回線の障害か、あるいは南極管制センターでなんらかのトラブルでしょうか」

「南極を呼び出せ」

「はっ」

**●永田町　首相官邸**

「――なんだ？」

波頭中佐は、木谷が仮眠に入ったあとも、総理執務室にＰＣを広げたまま陣取り、情況のモニターを続けていた。

あとで報告する、と言ったきり連絡のない古怒田博士のことも気にはなったが。だが一人でモニターを続けているのは、西日本の経済のためだ。

木星船が、もしも完全に制御不能となり、地球上の――それも西日本帝国の領域のどこかにその一部分でも落ちてくる、という可能性が明らかになった場合は、すぐに総理を起こし、帝国政府として事態に対処しなくてはならない。

前もって、全国に『重水素を満載した一万トンの宇宙船が落ちてくる（かもしれない）』と知らせ、各方面に準備態勢を取らせておけば、より安全なのは確かだ。

しかし、そんなことをすれば株価が暴落し、西日本の経済に大きなダメージを与え、景気回復がさらに遅れて国債《こくさい》を増発しなければならなくなり、金利支払いのため消費税を上げなくてはならなくなる。

失われる国民の利益は、莫大《ばくだい》だ。

波頭は、そういった事態を避け、無駄に消費税を上げなくてすむように、夜通し執務室で『総理の代行』として事態をモニターしているのだった。

現在、午前四時五十分。

だが。

月の向こう側に隠れて見えない位置にいる木星船の情況を、リアルタイムで表示していた波頭のパソコン画面が、ふいにエラーを示す赤い表示で埋め尽くされた。

「なんだ、データが来ないぞ」

木星船は無人船だが、人間が搭乗してコントロールするための指揮所も備わっているという。

わずかだが、居住区画もあり、その中では生命維持機能も働くという。つまり生身の『乗組員』の乗る場所もあるわけだ。これは数年前に地球周回軌道を発進する時、メインエンジンの点火間際まで、人間の技術者が乗り込んでプログラムの調整にあたっていたためだ。

その今は無人のブリッジに、操縦／制御システム一式が人間の操作できる形で備わっていて、そこから船の位置や船内のシステム情況を知らせるデータリンクの信号が、一分間に一回、自動的に南極管制センターへ向け送信される仕組みだ。

「どうしたんだ。月の陰に入っても、静止衛星経由でデータは届くはず――」

波頭はつぶやきかけ、ひそめた眉を止めた。

「――ん？　これはなんだ」

# 第Ⅱ章　忍、宇宙へ

# 1

## ●浜松基地　独身士官宿舎女子棟

「すかー、すかー」

午前五時。

外はまだ暗い。

睦月里緒菜は、前夜のスウェットの上下のまま、航空地図を広げた机に突っ伏して寝ていた。

右のほっぺたを遠州灘にくっつけ、よだれが、地図上の浜松無線標識《VORTAC》の上にしみを作っている。

しかし浜松から羽田への有視界飛行コースは赤鉛筆で引き終わり、コースの磁方位も距離も測り終わって、傍《かたわ》らのナビゲーション・ログに記入されている。一応、昨夜、意識を失う前に、最低限の準備は整えたところが里緒菜のパイロット訓練生としての『成長』といえるかもしれない。

背後の壁には、少尉候補生の階級章のついたオリーブグリーンの飛行服の隣に、紺色のリクルート・スーツが並んで吊るされている。忍が緊急に呼ばれてプールへ向かったあと、里緒菜が衣装ケースからひっぱり出して、用意したものだ。用意だけは、しておこう――そう思ったのだ。

「すかー、すかー」

窓の外が、白み始める。

冬の空は快晴だ。

**●太平洋上　戦艦〈大和〉**

『コマンドモジュールの減圧が、完了しました』

ヘルメットのインターフォンを介して、魚住渚佐の声が告げた。

減圧が完了――つまり、このハッチを閉めた球形操縦席の空気が抜かれ、代わりに純粋酸素が注入され『〇・三気圧の状態』にされた、ということか。

『ヘルメットのバイザーを、上げていいわ』

「――はい」

忍は、歯科医院の治療台のような角度のシートで、宇宙服アセンブリの右腕を上げると、ヘルメット側面のダイヤル式スイッチを操作した。

プシュッ
気圧センサーが、宇宙服の内外の気圧差が許容範囲内であることを検知し、一拍遅れてヘルメットのフェース・プレートのロックを解除する。

開きかけた透明なフェース・プレートを、宇宙服の分厚いゴム手袋のような指で、押し上げる。

「ふう」

思わず、息をつく。

息苦しくはない。

減圧タンクからEMUのまま歩かされ、この〈究極戦機〉コマンドモジュールにクレーンで吊られて苦労して着席し（というか宇宙服ごと席にセットされ）、モジュールの減圧に数分かかり、ようやくヘルメットを開くことができた。

すでに減圧タンクの中で、五時間にわたって自転車をこぎながら徐々に気圧を下げて、身体を慣らしたのだ。〇・三気圧といえば、相当な高山のてっぺんよりも薄い空気のはずだが、酸素分圧一〇〇パーセントなので呼吸に不自由はない。激しく動いたりすれば、どうなるかわからないが――

忍は斜め上向きの操縦席から、コマンドモジュールを見回す。全周モニターはまだ働いていない（全システムが起動していない）から、操縦席は、まるで黒いガラス球に封じ込められたみたいだ。

「ヘルメットを取っては、駄目ですか」

思わず、球形操縦席の天井へ——どこかにある集音マイクへ訊いた。

バイザーは開けられたけれど。忍は、肩から上を金魚鉢のように覆っているヘルメットが邪魔で、真横の視界が得られない。おまけに、後ろを振り向いて見ることもできない。戦闘機のヘルメットは頭にかぶるだけだったが、ＥＭＵのヘルメットは肩から上全体を覆っていて、首を回しても動かない。横を見ようとしてもヘルメットの内側面が見えるだけだ。

視界が得られないのは、気持ち悪い……。

だが、

『駄目よ』

渚佐の声は言う。

『第一、外したヘルメットを置くところがないでしょう』

「それは、そうですが」

この〈究極戦機〉のコマンドモジュールは、外からはヒトの女性のように見える『戦闘形態』のボディーの左胸部分に、埋め込まれた形だ。電磁フローティング機構によって、モジュールはヒト型の機体が仰向けに寝たり立ち上がったり、さまざまな姿勢を取っても、地球の地表面（重力加速度の方向）に対して常に一定の姿勢を保つようになっている。

その代わり、忍の着席する操縦席は球形のモジュールの宙に突き出しており、肘掛けのように左右に操縦装置と計器パネルが付属している。そのほかに、物を置いたりする場所はない。

「あの、できればこのグローブだけは外したいんですけど」

右手で操縦桿、左手で水力桿を握ろうとしてみて、忍は言う。

分厚いゴム越しに握るようで、これではとても微妙な操縦操作はできそうにない。

しかし、

『それも駄目。理由は一緒』

渚佐に言われてしまう。

## ●〈大和〉ＵＦＣコントロールセンター

「宇宙空間で、後席搭乗者を放出するまで、ＥＭＵのパーツは一切外せないわ。我慢しなさい」

ＵＦＣ格納庫を見下ろす、整備オフィスを改造したコントロールセンターの管制卓で、魚住渚佐はマイクに言う。

コントロールセンターと、〈究極戦機〉の女性型機体の左胸にあるコマンドモジュールの間に通信回線が開かれ、正常に働いている。

回線は、いったん〈大和〉のＣＩＣを経由する形だが、各種データリンクとも問題なし。

「手袋なんか外して、どこかへ吹っ飛んだら大変でしょう。宇宙空間でハッチを開けなくなるわ」

『でも、微妙な操縦が』

「宇宙飛行には、インテンション・コマンドモードが使えます。操縦桿はたぶん必要ないわ」

渚佐が言うと、

『――は、はい』

モニターカメラの画面の中で、モコモコしたＥＭＵのヘルメット・バイザーだけを開いた前席操縦者は、それでも居心地悪そうにする。

後席の、もうひとつのＥＭＵは、モコモコは同じだがゆったり座っているように見える。

『大丈夫よ、水無月忍』

流暢な日本語が、モニター画面の音声に入る。

## ●〈究極戦機〉コマンドモジュール

ぞっ
くだけでなく、摑むようにした。

首筋の後ろから声がして、背後から手が伸びてくると、忍の右肩を軽く叩いた。叩
「大丈夫よ。すぐに慣れるわ」

(――⁉)

瞬間、分厚いEMU越しだというのに、忍は肌がざわっ、とするのを覚えた。

な、なんだろう、この変な感じ――

まるで、首筋に息を吹きかけられたみたいな……。

「あ、あの。シートに着いていてください、博士」

「『博士』はよして」

NASAから来た女性MSは、鼻にかかった小声で言う。

会話は、全部モニターされているが。

それを承知で「あなただけに言っているのよ」という意味を込めたような小声だ。

「エヴァって呼んで。忍」

「あ、あの」

そこへ
『水無月候補生』

男の声が、割り込んだ。

## ●ＵＦＣコントロールセンター

「水無月候補生。郷だ。聞こえるか」

銀髪の郷大佐は、渚佐の隣で管制卓のマイクを取っていた。

「たった今、種子島との間に直接データリンクが開通したが――いいか、しょっぱなからとんでもないことを言ってきた。木星船の現在位置が、わからんのだそうだ。位置データがロストしてしまった」

「位置データが、ロスト……ですか？」

忍は、分厚いグローブの手を動かして、操縦席の計器パネルのセッティングを確かめながら、訊き返した。全システムを起動する前に、ＯＦＦにしてあるべきスイッチがすべて『ＯＦＦ』であることを、チェックしておかなくてはならない。戦闘機のエンジン・スタート前のチェックと同じだ。

左右のコンソールのスイッチ類も補助計器も、すべて葉狩真一という『地球側』の設計者が後付けで設置したものだが――

「木星船の位置、わからないのですか？　月の向こう側にいるっていう――」

『そのとおりだ』

「あら、大変」

後席でゲイツ博士――エヴァリン・ゲイツが言う。

「でも、どうせ大丈夫なんでしょ？」

『なんとかなるわ、水無月候補生』

郷に代わって、また渚佐の声。

『どのみち、地球製の化学ロケットの軌道計算なんて、元から必要ない。インテンシヨン・コマンドで飛んでいってもらうわ』
「は、はい」
インテンション・コマンドか――

――『スターシップ』

忍は息を止め、目をしばたたく。

(――う)

インテンション・コマンドと聞いて、反射的に脳裏《のうり》に浮かぶイメージはひとつ。

超高速で眼前に迫る、宇宙怪獣のどす黒い巨大な腹部だ。


――『スターシップ・アタ――ック！』


「く」

軽い眩暈《めまい》がして、忍はEMUのヘルメットの中で頭を振る。

大丈夫だ、あの怪獣は、もう倒したんだ……。

記憶をよみがえらせると、ガーゴイルとの死闘は、今でも忍の呼吸を一瞬止めるのだった。

考えてみれば。

前回、新潟で怪獣と戦って――そのあとすぐ、シベリアから放射能で汚染された数億トンの水塊を持ち上げて静止軌道外まで運んだ。

あれから三カ月。

自分は、この〈究極戦機〉の正パイロットとして役に立つべく、日頃、訓練しているわけだけれど。

(――でも。この機体に乗って飛ぶのは、あれから三カ月ぶり、まだ二回目なんだ……)

また宇宙か。

うまくやれるのだろうか――

すると、

「……?」

ふいに、誰かに見つめられているような、妙な感じがした。

思わず球形コクピットの天井を見回すと。

ぎしっ
機体全体が、身じろぎしたように感じた。

錯覚か……？　目をこする。まだシステムも起動せず、何も動かしていない。

「──」

今一瞬、誰かに見つめられたような気がした。

後ろの女博士……？　いや、違うわ。

「ほら、やっぱり大丈夫なんでしょ」

クスッ、と笑うように後席から女性ＭＳが言う。

## ●〈大和〉後部飛行甲板

パリパリパリ

明け方の濃い藍色の空の下を進む、戦艦〈大和〉の後部飛行甲板。

艦尾方向から、赤い標識灯を点滅させ、ヘリのシルエットがひとつ、追いつくように接近してくる。

みるみる輪郭がはっきりする。対潜ヘリＳＨ60Ｊ──イージス巡洋艦〈摩耶〉の艦載機だ。ついさっきも、森高美月の身柄を〈摩耶〉からこの巨大戦艦まで『空輸』してくれた。

パリパリ

「来た来たっ」

ＵＦＣコントロールセンターから、狭い階段を駆け上がってきた美月は、飛行甲板の手前で立ち止まると艦尾方向を仰いだ。

ぶぉおおっ
ローターの風圧が、甲板全体をなぶった。

だが役目を終えた銀色の減圧タンクが、甲板の右舷側半分を占領したままだから、後方より接近した中型ヘリコプターは普段の着艦マークよりも左へ機体をずらして、位置を合わせ直さないといけない。着艦しづらそうだ。

パリパリ
「ええい、もう」

見上げるほどに迫った対潜ヘリ――ＳＨ60Ｊの日の丸を染め抜いた機首下面が、頭の上で真横へこぐように移動する。

美月は、猛烈な風圧に左手で顔をかばいながら、舌打ちする。

「よけいなものを、甲板に置くからっ」

「美月」

その背中に、あとから続いて甲板へ上がってきたひとみが言う。

「行くの、やっぱり」

「地上でモニターだけ見ているのは、性《しょう》に合わないよ」

きつい目をした女性パイロットは、飛行服の袖でローターの吹き下ろし風《ダウンウォッシュ》をかわしながら、ヘリを見たままで言う。

「ハリアーに戻って、UFCの発進を上空からサポートする。前に秀太郎が、直接回線をつけておいてくれたから」

美月が浜松基地から飛ばしてきたシーハリアーの機体は、一時的に、〈摩耶〉の後部甲板の格納庫《ハンガー》に預かってもらっている。イージス巡洋艦の格納庫は狭いから、向こうだって迷惑しているのだろう、美月が『ハリアーに戻りたい』と告げたら、すぐ迎えのヘリをよこしてくれた。

「わかった。わたしは、〈大和〉のCICに詰めるから――きゃっ」

うなずきかけたひとみが、小さく悲鳴を上げる。

SH60Jが、頭上で位置を合わせ、ぐうっと機体を下げてきたのだ。猛烈なローターの風圧が、飛行甲板をなぎ払う。

# 2

## ●〈究極戦機〉コマンドモジュール

『水無月候補生、全システムをアクティベイトして。ぐずぐずしていられないわ』

天井からの渚佐の声に、

「はい」

忍はうなずく。

こうしている間にも、木星船——一万トンの重水素を満載した無人宇宙船は、宇宙空間のある一点で地球とぶつかる軌道を取ったまま、接近中だ。今は一時的に、月の陰に隠れる位置にいて直接は見えないらしいが——

バイザーを跳ね上げたヘルメットから、コマンドモジュールの内部を見回した。

外部電源がつながれ、通信と空調だけは動いている。全周モニターはまだ真っ暗なままだ。

（——）

〈究極戦機〉の構造を一瞬、頭に浮かべる。

　フットホルダーに置いた両足の、ずっと下のどこかで星間文明の核融合炉（ボトム粒子型核融合炉というらしい）は静かにアイドリングしている。遠い宇宙からやってきた未知の星間文明の飛翔体が、この戦闘マシンのベースだ。葉狩真一博士があとから付け足した女性を想わせる手足や、この球体操縦席の存在に関係なく、星間飛翔体の本体は生き続けているのだ。コマンドモジュールは「巨人の首筋に人の乗れる籠《かご》をくくり付け、その耳元に囁《ささや》けるようにしたもの」にすぎない、と葉狩は言ったらしい。その天才生物工学者は今は行方不明だ。忍の〈声〉でなければ巨人には囁けない、というふうにシステムを固定して、どこかへ姿をくらませてしまった。

「――アクティベイト、ごほ」

　操縦席を満たす純粋酸素がカラカラに乾燥していて、忍は声を出そうとして一度咳き込んだ。

〈究極戦機〉に、起きてもらわなくては――

　唾《つば》を呑み、もう一度言った。

「アクティベイト・オールシステム」

　途端に、
　バヒュゥウンッ

忍の声に瞬時に反応し、大電力のつながる気配がすると、コマンドモジュールの全システムが一斉に目を覚ました。

ウォンウォン

ウォンウォンウォ――

全周モニターが生き返り、すうっと周囲が透けるように見えた。黒いガラス球に閉じ込められていたようだったのが、上下左右、周囲がすべて見える――まるで格納庫の宙に、操縦席ごと身体が突き出しているかのようだ。

後席で「きゃあすごい」とエヴァリン・ゲイツが歓声を上げる。

アメリカ人は気楽だな――

そう思いながら、忍は、融合炉からの電力が女性型戦闘マシンの機体各部へ供給され、全システムが起動していくのをモニター上の表示で確認した。

ピッ

▼ALL SYS READY

全周モニターの右側に、電力、油圧、高圧空気、生命維持など機体各システムの作動情況が次々にグラフィックで浮かぶが、パイロットによけいな負担をかけないよう、各システム表示は正常に起動すれば『READY』のメッセージを出し、モニター上から消えていく。最後に、前方視界に重なって『ALL SYS READY（全システム起動完了）』の文字を明滅させると、忍の視界からシステム表示はすべて消えてしまう。

続いて、

ピピッ

▼#1 FCAI READY

▼#2 FCAI READY

▼#3 FCAI READY

▼#4 FCAI READY

目の前に、四行の紅いメッセージ。両肩・両脚に追加装備された四基の戦闘人工知能《FCAI》も、すべて起動よし。

（でもこれは、今回使わなくてすむだろうな――怪獣と戦うわけじゃないし……）

星間飛翔体の中枢である人工知性体には、『他者を攻撃する』という行為自体ができない（初めからプログラムされていない）から、戦闘においては操縦者である忍と、地球製の火器管制用戦闘人工知能が知性体に代わって機体に攻撃を命じる、ということをしなくてはならない。

ややこしい。

前回の宇宙怪獣ガーゴイルとの戦闘でも、結局『戦った』のは忍だった。

「――〈究極戦機〉」

FCAIのメッセージも明滅して消えるのを見て、忍は言った。

「発艦準備、よし」

『待って。今、航法データを送る』

渚佐の声が言う。

(――)

忍は、声のした前方視界を見やる。

ひざを抱えて座るような〈究極戦機〉の機体は、天井の低い(この機体にとっては)格納庫の中で、コントロールセンターの防爆窓と向き合う形だ。

今や全周視界が得られ、前方の細長い窓の中で、白衣の女性のシルエットがマイクを取っているのが見える。

『水無月候補生』そのシルエットが言う。『今から、木星船のだいたいの位置をイメージで送ります。あなたはインテンション・コマンドで「そこ」へ向かってちょうだい。行きさえすれば、あとは空間走査機で船を探知できる』

「わかりました――あ」

うなずきかけ、忍はモニター視界の頭上にパッ、と浮かんだ三次元図形に声を上げる。

空間マップか――

地球と月。その向こう側に、紅い明滅する点がひとつ。予定軌道を表すものか、オレンジ色の曲線が地球を発して、リボンのように紅い点へ伸びていく。

「もう、出てきました。速いですね」

## ●UFCコントロールセンター

「おかしいわね」

だが渚佐は、自分の管制卓のキイボードを操作しながら、つぶやいていた。

「推定位置データが、送れないわ」

「どうした」

隣から郷が訊く。

「種子島の連中が、なんとか目星をつけて送ってきたデータだぞ」

「それが、大佐。〈究極戦機〉にデータを転送できないのです――CIC、聞こえる？」

渚佐は、別のインターフォンを呼び出す。

「CIC。UFCとの回線を、至急調べて。こちらから推定位置データが転送でき――えっ⁉」

「う、魚住博士っ」

渚佐が驚きの声を上げるのと、格納庫を見下ろしていた井出少尉が叫ぶのは、同時だった。

「か、格納庫の上面扉が――！」

同時に、
ガゴッ
〈大和〉の艦尾全体が、甲板からの衝撃を受けて揺れた。

ゴゴンッ
「う」

「うわっ」

「きゃ」

●〈究極戦機〉コマンドモジュール

ピッ

▼EXIT OPEN

ゴンという振動とともに、〈究極戦機〉のヘッドセンサーを押さえつけていたような格納庫の天井が上方へ割れるように開き始めた。

ゴンゴンゴンゴ――

(――もう甲板を開くのか……？　早いな)

忍は目を上げる。

●〈大和〉後部飛行甲板

「わっ」

森高美月が、ローターを回しっ放しで着艦したＳＨ60Ｊのスライドデッキに足をかけようとした時、突き上げるような衝撃が下から襲った。

ガゴッ

白とライトグレーの対潜ヘリの機体が、跳ね上げられるようにふらつく。反射的にヘリの機体は、跳ね上がる甲板を蹴るようにして、宙に浮いた。パイロットのとっさの判断だろう。

「中尉、早くっ」

甲板上一メートルに空中停止《ホバリング》する形となったＳＨ60Ｊのスライドデッキから、ヘリの乗員が腕を伸ばして呼んだ。

「早く、お乗りください！　甲板が開くっ」

「くっ」

美月は盛り上がって坂のようになる鋼鉄製の甲板を蹴り、乗員の腕に飛びついた。同時にヘリはさらに上昇する。ぶら下がった美月の爪先《つまさき》の下を払うように、割れて開いた甲板の断面が通過する。

ブンッ

「うわ」

グガガッ

ギキキキッ

〈大和〉の油圧機構が、まるで無理やり動かされているかのようだ。重たい金属の悲鳴を上げ、後部飛行甲板が真ん中でふたつに割れ、上向きに撥ね上げられ、開いていく。

　ガンガンガンガラッ
　銀色の〈円筒〉――減圧タンクが、固定柵を引きちぎりながら右舷側へ転がり落ちていく。そのまま黒い海面に放り出され、派手に水しぶきを上げる。

「も、もう甲板を開くって――」

　美月は、脚の下で水銀灯に照らされた格納庫内部が露出する様子を睨みながら、怒鳴った。

「開くんなら開くって、言え！」

●UFCコントロールセンター

「か、格納庫開放機構が、勝手に動いている……!?」

　激しく振動するコントロールセンターで、管制卓にしがみつきながら渚佐は驚愕の声を上げた。

『EXIT　OPEN』

『SEQUENCE　IN　PROGRESS』

システム・ディスプレーに表れる表示。
なんだ……。
息を呑む。
「まさか――システムが乗っ取られて勝手に」
ウォンウォンウォンウォン
ウォンウォン
「は、博士っ」
床に伏せた井出少尉が、防爆窓を指して叫んだ。
「〈究極戦機〉が出ようとして――危ないっ、甲板上の人員を」
だが井出が言い終らぬうち、
ヴォオオッ
すさまじいインパルス・ドライブの推力が、風圧となって格納庫をなぎ払った。

## ●〈究極戦機〉コマンドモジュール

グガガガッ、ガッ
油圧機構が重たい悲鳴を上げ、天井が真ん中でふたつに割れ、上向きに撥ね上げられるように開いていく。

「――」

すごい。こうやって発艦するわけか……。

忍は操縦席で、上目遣いに頭上視界が明け方の星空だけになるのを見ていた。

ピッ

▼UFC1001A
READY FOR LAUNCH

さぁ、早く行け――と急かしてでもいるように、前面モニターに紅いメッセージが一度浮かんで、消えた。

「発艦用意よし。行きます」

天井へ言う。

コントロールセンターの渚佐からの応答はないが、防爆窓の向こうでこちらを指して何か言い合っている様子の人影は見える。

通信系統の、一時的なトラブルかな……？

だが、システムに不具合があれば、〈究極戦機〉はメッセージを表示して教えてくれるはずだ。

大丈夫なんだろう。

（行こう）

忍は、ＥＭＵの分厚いグローブの右手で操縦桿、左手で推力桿を握った。

まるで分厚い雑巾《ぞうきん》でも操縦桿に巻いて、その上から握っているみたいだ。すごくやりにくい。

「忍、〈意志命令モード〉というのを使うんでしょう」

後席から、ゲイツ博士の声。

「わくわくするわ、早く使ってみせて」

「――は、はい」

言われなくても、やはりそうするしかない。

「〈究極戦機〉、インテンション・コマンド」

ピッ

▼INTENSION CMD

（――）

意志の命令による操縦、だ。思考誘導ではないので『雑念は拾わない』とはいう。

忍はモニターの頭上へ目を上げ、青黒い星空と、それに重なる空間マップを見やった。

あそこだ。

月の、裏側へ――

空間上の位置を目に焼きつけ、目を閉じた。

息を吸う。

「――〈究極戦機〉、発進」

途端に、
ぐんっ
エヴァリン・ゲイツが後席で「きゃ」と声を上げた。

視野全体が、瞬時に十数メートル下方へ沈み込んだ。忍の『指示』に反応した機体が、跳ねるように格納庫床面から浮揚《ふよう》したのだ。

「す、すごい。感じちゃうわ」

「――」

忍は目を閉じたままイメージした。女性型の機体が、宙で銀色の猛禽《もうきん》のようなフォルムへ変形し、鋭く上昇する――天へ。

「スターシップ・フォーメーション。Gキャンセラ始動、上昇。宇宙空間へ……！」

## ●〈大和〉甲板

「うわ」

「うわぁっ」

ブォオオッ
すさまじい風圧に、〈大和〉の甲板上に出ていた乗組員たちはなぎ倒され、ある者は転がって伏せた。

その見上げる頭上に、後部第3砲塔の向こう側から銀色に輝く巨大な女性型の機体が浮揚し、宙に立ち上がった姿勢で地球人の戦艦を睥睨《へいげい》すると、瞬時に空中でそのフォルムを変形させた。

シャキッ
「――！」

「――!?」

見上げる人々には、マシンの変形があまりに疾いため、どんなふうに変形したのかそのシークエンスを理解することはできなかった。ただシャキッ、という金属音が響いたと思うと、女性型の機体が浮いていた宙には替わって銀色の猛禽を思わせるシルエットがあった。

次の瞬間、その猛禽はフッ、と消えた。

消えた……？

消えた……⁉

乗組員たちは顔を見合わせるが。それは〈究極戦機〉がGキャンセル駆動で地球の重力から解き放たれ、瞬時に音速の二五倍まで加速して〈大和〉上空を飛び去るのが『消えた』ように見えたのだった。すさまじい衝撃波《ソニック・ウエーブ》が一拍遅れて頭上から襲った。

ズドドドドーンッ！

**●太平洋上　海面**

室戸岬《むろとみさき》の洋上。上空からはまるで止まっているように見える黒い戦艦のシルエットを中心に、次の瞬間、真円形の波紋が超音速で広がった。

ドゴォオーンッ

雷鳴《らいめい》のような衝撃音を残し、戦艦の真上から一粒の光点が、払暁《ふつぎょう》の青黒い天空へ吸い込まれるように上昇し、すぐ消えて見えなくなる。

## ●〈究極戦機〉コマンドモジュール

ガタガタッ
大気との摩擦で機体がぶられるように感じたのは、ほんの一瞬のことだった。

仰向けに近い姿勢で操縦席に着く忍の視界で、頭上の青黒い空がうわっ、と手前へ近づくような感じがしたと思うと。瞬きひとつの間に、もうコマンドモジュールの全周視界は星空だけになっている。

(もう——宇宙へ出たの……⁉)

重力を消去するGキャンセラの効果で、どんなにすさまじい加速をしても、コマンドモジュールにかかるGは最大で1・5G程度だ。必要ならもっとも減らせるが、操縦する人間のパイロットが機体の運動状態を把握しやすいよう、設計者の葉狩がわざと体感分のGを残すように設定していた。

(……速度は、どのくらい出ているんだろう)

ピッ
忍の思考に応えるように、前方視界に地球製戦闘機の操縦席と変わらない形式のヘッドアップ・ディスプレーが現れると、姿勢・速度などの飛行諸元《しょげん》(姿勢は北極星を基準に取っている)を表示した。

ただしスピードのテープは、秒速表示だ。

「秒速、一万二二〇〇キロ――って」

「なんてこと、まるでガレージから車を出すようなもんじゃない」

後席でエヴァリン・ゲイツが嘆息する。

「木星の恒星探査船プロジェクトなんて、必要ないわね――あっ」

「はい？」

「忍。前、前っ」

「えっ」

見やると。前方の星空の中から、黄色いボールのような球体が急に大きくなりながら近づいてくる。太陽の光で、すぐそこに光りながら浮いている。

なんだろう……？

「あれ、月よ。月」

「――えっ？」

「避けてっ、ぶつかる」

# 3

## ●宇宙空間

### 〈究極戦機〉コマンドモジュール

「——うっ」

すぐそこに浮いている、光るボールのようだった月は、黄色く輝きながら全周視界の左半分で急速に大きくなる。際限なく膨らんで大きくなる。

そうか、宇宙では遠近感が……。

空気がないので、遠くの物体の輪郭《りんかく》がかすむ、ということがない。数万キロ離れていても、月はすぐ目の前に手で摑めるように浮いていた。『何か球体が浮いている、なんだろう——?』と思った。

後席でエヴァリン・ゲイツが「▲◎※X!」と叫んだ。ぶつかる、と言ったのか

……!?

「くっ」

忍は目を閉じ、月を避ける軌道をイメージする。

右だ――右へ振って、回り込んで月の向こう側へ……！

途端に、

ぐんっ

コマンドモジュールが右へ傾き、横Gがかかり機体が軌道を曲げる。忍は目を閉じていたが、左舷に大きく迫っていた黄色い月が傾いて、ぶつかる寸前で視野からどいていく――それがわかった。

続いて、左旋回……。

ぐぐんっ

今度は左へ傾く。反対向きに星空が激しく流れ、〈究極戦機〉は秒速一万二二〇〇キロあまりを保ったまま、月の向こう側へ回り込むように旋回する。バンクを取る。重力が操縦席の足元へ向かってかかり月がまたぐぐっ、と動いて『頭上』の位置へ

――

Gキャンセル駆動による飛行だ。天体の引力をまったく無視して、好きに飛べる。天体の運行よりもはるかに飛行速度が速いので、天体の軌道を気にして未来位置を計算する必要もない（例えば火星へ行きたければ、ただ夜空に火星を見て『あそこへ』と命じるだけで、最短コースで飛んでいくだろう）。

ピッ

警告音に、目を開けると。

(――)

月が、黄色い巨大な球体として頭上にかぶさり、その下を〈究極戦機〉は一時的に月の『衛星』となったような軌道で飛んでいた。もちろん秒速一万二二〇〇キロで天体の衛星になれるわけはないので、〈究極戦機〉がGキャンセラを使って『そのような軌道』をなぞって飛んでいるのだ。

頭上の月に重なる空間マップで、オレンジ色のリボンのような軌道が月を大きく回り込み、紅い光点に迫る。

(――あの点が、目的の木星船……?)

もう、会合空域《ランデブー》に着いたのか。

いったい、〈大和〉の後部飛行甲板を出てから、どのくらいの時間を飛んだのだろう。

一分はたったと思うが、三分たった気はしない。

「減速しなくちゃ。木星船の速度に合わせて、減速――」

また目を閉じて『減速』――空間に止まる運動をイメージすると、ぐぐんっ、と操縦席に前へのめるようなGが働き、忍のEMUに包まれた上半身も前へのめってハーネスに止められる。

「――くっ」

思わず目を開くと。前方視界に重なるように浮いて見えるヘッドアップ・ディスプレーの速度表示の数字が『二〇〇』まで減っている。たった数秒で、〈究極戦機〉は秒速一万二二〇〇キロから秒速二〇〇キロまで減速したのだ。

（これが、星間飛翔体の性能――!?）

忍は息を呑む。

なんてすごいんだろう。

これでも、飛翔体はボトム粒子型核融合炉の出力を、最大出力の一五パーセントまでにリミットして使っている。数年前、〈核生命体レヴァイアサン〉を曳航して地球の近くを通りかかった時、ネオ・ソビエト一派にいきなり核攻撃（水爆四発による待ち伏せ攻撃）を食らい、その時のダメージで融合炉に髪の毛ほどの亀裂《クラック》が入ってしまったのだ。

以来、最大出力が出せなくなり、飛翔体は銀河中心部の〈故郷〉へは帰れなくなってしまった。

「すごいわ、すごい」

後席でエヴァリン・ゲイツが呼吸を荒くする。

「なんてすごいの。感じちゃうわ」

「木星船を、捜します」

忍はわれに返ると、操縦席の右側に肘掛けのように突き出す計器パネルを見た。

葉狩真一の設計で、〈究極戦機〉の空間走査機は地球製の戦闘機のレーダーと同じような操作法で扱えるようにされている。

「ええと、インテンション・コマンドを、ＯＦＦ。通常操縦に替えて」

忍が、その辺に向かって言うと、
ピッ

▼INTENSION CMD : OFF
▼MANUAL CONTROL

メッセージが目の前に出て明滅し、消える。

（やりにくいけど、仕方がないわ――）

インテンション・コマンド――意志による操縦では、忍が『こうしろ』と念じると、〈究極戦機〉はそのとおりに飛ぶ。うっかり焦って変なことを考えてしまい、機体が急激に運動して木星船にぶつけでもしたらまずい。

初出撃の時に、ちょっと懲《こ》りている。

忍は、ＥＭＵのグローブを着けた右手で、空間走査機のコントロール・パネルを操作した。

(でもボタン、押しづらいな……)

ピッ
何か捉えた。

前方視界に、紅い小さなサークルが浮かび出る。

ひとつ。

まだ遠いが、サークルに囲われる中に『何か』いるのだ。

ピピッ
もうひとつ。

「――？」

反応が、ふたつ……？

忍は『なんだろう』と思った。

〈究極戦機〉の空間スキャナーは、前方〇・五光時の空間の重力を瞬時にスキャンして、質量を持つものを検出し位置情報にして表示する。

もうひとつは、ひどく遠い小惑星でも拾ってしまったか……？

（……索敵範囲《レンジ》をしぼろう。〈狭域捜索〉。一光秒）

索敵《さくてき》範囲を、五億キロから三〇万キロまでしぼる。また宇宙服アセンブリのグローブの指で、苦労してレンジ選択つまみをつまんで回す。

手袋、取りたいなぁ――

しかし間もなく、木星船とランデブーすれば。

コマンドモジュールを開いて、後席のゲイツ博士を外の空間へ放出しなくてはならない。その時には自分も完全に宇宙服アセンブリを着けて、ＥＭＵを密閉しなければならない。

乗っている機体は星間文明のオーバー・テクノロジーでも、船外活動の技術は地球レベルなのだ。仕方がない。

（――わたしが手袋をどこかへ飛ばしてしまって、そのせいで博士の放出が遅れたら……あ）

ピピッ

前方視界の闇の奥に、やはり物体は二個、探知された。距離が算出され表示される。紅いふたつのサークルの横に、デジタル数字が添えられて現れる。

「距離、前方一万キロ――加速度１・１Ｇ。もうひとつも、一万一〇キロ……？　近いわ」

「忍。木星船よ」

「二隻、いるんですか？」

「いいえ。一隻のはずよ」

「とりあえず、このまま接近します。相対接近速度、秒速三五。二分で目視距離です」

「了解」


よし。接近しよう――

忍は、宇宙服の右手のグローブで操縦桿をそっと握ると、視界正面のヘッドアップ・ディスプレーの運動指向点《ステアリング・ドット》がふたつの紅《あか》いサークルに重なるようにした。

操縦桿は、親指と人差し指のまたで挟んで、動かすしかない。

左へ、やや旋回。

ぐん
機体が少し身じろぎし、星空がぐっと右へ流れ、運動方向が調整される。

（やりにくいけど――ゆっくりやれば、なんとかなるか……）

前進速度は、もうこのままでいい――推力桿をしぼってアイドルへ。慣性飛行。

これで、会合軌道に乗ったかな……。

忍のマニュアル操縦で、飛行形態の〈究極戦機〉は月を周回する運動をやめ、前方一万キロに発見された紅いサークルで囲われる物体へと接近する。

軌道を調整したので、紅いサークルは、前方視界の上で止まっているように見える。距離の数字だけが減っていく。

向こうも運動速度を持っているはずだから、モニター上で『止まって見える』ということは、〈究極戦機〉が空間上で『相手と会合する軌道』に乗ったということだ。

これでいいはずだ。

相対接近速度が『秒速三五』と表示されているのは、相手に近づいていく速さのことで、木星からやってきた無人宇宙船は実際はもっと速度を出している。『1・1G』という表示は、今もゆるく加速を続けているしるしだ。

「エンジンは使っていないわ。木星船は太陽に向けて、今も自由落下を続けている」

後席で、エヴァリン・ゲイツが言った。

「太陽に向けて落ちていく途中で、横からやってくる地球とぶつかる軌道よ。ほら」

「……？」

促されて、見上げると。

頭上に浮かんだ形の黄色い巨大な月の向こう側から、青いガラス球のような惑星が小さく顔を出し、少しずつ見えてくる。さらにその後方から、透明な強烈な光が、ぱっと宇宙の暗闇を射し貫く。

（……地球と――太陽か⁉）

〈究極戦機〉は、月の周囲をぐるりと回って、やってくる〈目標〉へ斜め後方から追いつく形で接近していた。

まだ目視では見えないが、紅いサークルに囲われるふたつの〈目標〉は、月と地球の向こうに現れた太陽に向けて『落下』し続けているらしい。

だが太陽へ『落下』する途中で、横から来る地球とぶつかる――ゲイツ博士の教える軌道のイメージが、この光景を目のあたりにするとわかる。

ふたつの〈目標〉は、同じ軌道と運動速度で動いている。どちらが、木星船なのだろう。

「――そうだ、報告」

忍は、〈大和〉のUFCコントロールセンターに、今の情況を報告しようと思った。

データリンクは……？　あ、しまった――

右手の通信コントロール・パネルで、〈DATA　LINK〉の表示灯が赤になっていることに、今まで気づかなかった。〈究極戦機〉が、あまりに高速・高加速で飛行したので、おそらく地上側の追跡ステーションが追尾しきれなくなったのだ。

（ええと――）

まずいな。まだ月が邪魔になって、地球と直接、レーザー通信回線が開けない。通常電波を使ってデータリンクを回復するには、どこか衛星を経由しなくちゃ……。

「忍。どうしたの」

「地上との回線が、一時的に切れているんです。回復させないと――」

「それより、ランデブーの操縦をしっかりお願い。下手をするとすれ違ってしまう」

「あ、はい」

「どうせ月が邪魔になって、交信は無理よ」

## ●地球　東京　首相官邸

「なんだ、これは――」

波頭は、送られてきたメールの添付ファイルを開き、息を呑んだ。

波頭のPCは、帝国陸軍の高度に機密化された通信ソフトを内蔵している。およそ悪戯《いたずら》や悪意のあるメールなどは排除してしまい、受信自体をしない。

しかし、先ほどUFCが〈大和〉から発進する直前、発信者不明のメールが届き『添付ファイルを開け』と要求したのだ。

陸軍の誇る通信ソフト〈桜一号《さくらいちごう》〉が、そのような怪しいメールは排除してしまうはずなのだが……。これはいったい、なんなのだ……？

発信者はわからない。しかし〈桜一号〉が『敵性でない』と判別したらしい。ピンク色の桜のアイコンが『開け』と点滅している。

波頭は少し迷ったが、開いてみることにした。ＵＦＣの発進間際に木星船の位置がわからなくなるというトラブルに、普通でないものを感じていた。

いや、現在のこの情況全体が『普通でない』のだが――

ぱっ
表れたのは、数枚の文書と、写真だ。

すべて英語表記。〈ＴＯＰ　ＳＥＣＲＥＴ〉の紅い判《はん》こが、斜めに大きく押されている。なんだ、これは何かの書類のコピーか……？

いや。

「なんだ、これは――うっ」

ずらりと並ぶ、膨大な数字。

内容を一瞥した波頭の目が、見開かれる。

反射的に、卓上の携帯電話を引っ摑んだ。

「――〈大和〉を頼む。〈大和〉のＵＦＣコントロールセンターだ。至急、つなげっ」

●室戸《むろと》岬《みさき》沖　戦艦〈大和〉艦橋

『衝撃波で、外部アンテナがすべてやられましたっ』

艦橋のスピーカーに、ダメージ・コントロールの士官から報告が入った。

ダメージ・コントロールは、CICで全艦の〈被害状況〉を把握している。戦闘演習でもないのに、ダメ・コン席が機能するのは珍しい。

『艦長、たった今のUFC発進の衝撃波のせいです。長距離通信系が軒並み故障《ダウン》しています。レーザー通信の送受信ユニットも駄目です』

「ただちに修理にかかれ」

赤いシートカバーの艦長席に着いた森大佐は、マイクを取って命じる。

「〈究極戦機〉との通信を回復させるのだ。急げ」

数分前の、〈究極戦機〉の発進は。

〈大和〉のすぐ頭上で『戦闘形態』から『飛行形態』へスイッチして加速したので、すさまじい衝撃波が叩きつけられた。

本来、あのような加速は、もっと高空へ上がってから地上へ影響が及ばぬように行うべきだった。あの水無月忍という娘には、まだそこまで配慮する余裕がなかったか宇宙での船外活動も、初めてだという。

早く通信とデータリンクを回復させ、あの娘をバックアップできるようにしてやらなくては……。

木星船は、どこまで近づいているのだ……？

だがそこへ、

『艦長、艦隊司令部や東京との通信も駄目です』

今度はＣＩＣから、通信士官が報告してきた。

『本艦は一時的に、ブラックアウトの状態です。まともに働いているのはＳＰＹ―１Ｄだけです』

「何。位相配列《フェーズドアレイ》の防空レーダー以外は、目も耳も駄目だというのかっ」

森は唸った。

さらにそこへ、

『艦長、大変です』

艦尾のＵＦＣコントロールセンターから、井出少尉が報告をしてきた。

『今の衝撃で、魚住博士が失神しました。顔色が蒼いです。救護班を、早く』

## ●東京　国防総省

『峰議長』

統幕議長執務室のソファで、ネクタイだけを外して仮眠していた峰剛之介は、鳴りだした携帯電話で叩き起こされた。

かけてきたのは、波頭である。

『峰議長、大変です』

「――どうした？」

ＵＦＣの発進が気になり、帰宅せずに（どうせ帰っても独り身だ）、執務室で仮眠していた峰は訊き返した。

何かあれば、すぐ地下六階の統合防衛指令室へ下りられる態勢だ。本当は初めから統合防衛指令室へ下りて、必要なスタッフも全員招集し、全軍に何かあった時の備えを取らせたかった。

しかし、それをやると『何か起きるのか』と国民に知れてしまい、株価などが乱高《らんこう》下《げ》してしまう。なるべく経済に影響を与えない、という木谷首相の意向を踏まえ、我慢していた。

「ＵＦＣは、無事に飛び立ったのか」

『わかりません』

「何」

『今、呼び出してみたのですが。〈大和〉と連絡が取れないのです。海軍の艦隊司令部を経由してもつながりません。データリンクも駄目です。何かあったに、違いない』

「むう」

峰は、唸った。

〈大和〉は、昔、峰自身も艦長を務めたことのある海軍伝統の艦だ。不沈戦艦である。

連絡が取れない、だと……？

『峰議長』

考え込む峰に、波頭は畳みかける。

『ただちに〈大和〉となんとかして連絡を取り、〈究極戦機〉を呼び戻してください』

「な、なんだと」

呼び戻す……？

峰は目をしばたたいた。ソファから起き上がり、電話を耳に挟んだまま片手でネクタイを取った。

「ＵＦＣをか。いったい、どういうことだ」

『大変なことがわかったのです、議長』

電話の向こうで、波頭は興奮した口調だ。

いつも冷静な男のはずが――

『面目《めんぼく》ないが、われわれは完璧にはめられていた。〈究極戦機〉を、すぐに呼び戻すのです。宇宙へ行かせたら危険だ』

**●浜松基地　独身士官宿舎　女子棟**

ピピピピピピ
レベル8に設定した携帯のアラームが、ようやく明るくなりかけてきた室内に鳴り響いた。

ピピピピピッ
「くかー、くかー」

時刻は、五時〇五分。

実は、アラームが鳴り響くのは、これで今朝は二回目である。

五時〇〇分ちょうどに一回目が鳴った時には、航法チャートを広げたままのテーブルに突っ伏した睦月里緒菜は何も反応しなかったのである。

いつもは、五時の起床《きしょう》の時、同室の忍が起こしてくれる。しかし今朝は、部屋に一人きりだ。

ピピピピッ

「くかー、くかー」

窓の外が、紫から少しずつ、青くなっていく。

今日の天候は快晴のようだ。

# 4

## ●月と地球の間　〈究極戦機〉

「——相対速度を落とそう」

斜め後ろから追いかける形で、忍の操る〈究極戦機〉は紅いサークルで囲われる物体へ接近する。

急接近だ。

サークルの横に浮かぶデジタル距離表示が吹っ飛ぶように減り、三桁になる。

すでに推力はアイドルにしぼっている（慣性飛行）。忍は、左手で推力桿の横の重力スピード・ブレーキのレバーを引き、接近相対速度を落とす。

ぐん
軽い減速感。

〈究極戦機〉が、Ｇキャンセラの効力を一部反転させ、月の引力にわざと自分をひっぱらせた。

相対速度が減る。秒速一キロまで減らし、スピード・ブレーキを戻す。

ぐぐん

ふたたび、等速飛行。

秒速三五キロのままでは――おそらく肉眼で『見えた』瞬間に、ぶつかってしまう。吹っ飛ぶように減っていた距離カウンターの数字が、ゆっくりした減り方に。目標への距離、残りおよそ一〇〇キロ弱……。

モニター正面の位置に、サークルは止まったままだ。

その中にいるはずの〈物体〉は、まだ肉眼で見えない。

画像、拡大。

分厚いゴム手袋を三枚重ねたようなグローブの右手で、忍は苦労してモニターの拡大機能を使う。

パッ

モニターやや右横に、四角いウインドーが開き、紅いサークルに囲われた〈物体〉を拡大する。

（――まだ遠くて、小さいのか……？　あ）

あっ、と忍は目を見開いた。

キラッ

あれは――

月の陰の中から、出たのだろうか。拡大ウインドーの中で何かが、太陽光を浴びて光った。

まるで小さな銀色の針のようだ――

続いて、その小さな針のように見えたものが、みるみる大きくなってくる。前後が、ウインドーからはみ出すように大きくなる。全体の形が見えてくる――長いものだ。

（あれは……東京タワー？）

思わず、そう連想した。

真っ黒い宇宙空間に、透明な太陽光を浴びて浮いているその姿は、白と赤の縞模様《しまもよう》の鉄骨のタワーの周囲に、銀色の球体がたくさん取り付いている――

これが、木星船……？

（……）

横倒しの東京タワーが、宇宙空間を進んでいる。忍にはそう見えた。大きさも、そのくらいだろう。

タワーの根元には、巨大なお椀《わん》のようなもの――あれがメインノズルだろうか。内側が真っ黒いお椀が四つ、こちらを向いている。

あの周囲の球体はなんだろう……。

　銀色の球体が、タワーの周囲にたくさん取り付いている様子は——まるで銀色の葡《ぶ》萄《どう》の房《ふさ》のようにも見える。宇宙船本体はただの鉄骨の塔で、球体を周りにくっつけて運ぶのが役目なのか——？

「木星船よ、忍」

「……あれが、そうなんですか」

　急な出動だったから、捜し求める宇宙船の概要も細目《さいもく》も、まるで知らされていない。

このエヴァリン・ゲイツという女博士——ＮＡＳＡのミッション・スペシャリストだというこの人だけが、どこに行って何をすればいいのか知っているのだった。

「重水素タンクを八〇個、周囲に取り付けている。一部は濃縮して、自分の燃料としても使うわ。恒星間探査船のエンジン・テストもかねている」

「だから、速いんですね」

　忍はうなずく。

　木星船は、前方の暗闇に、輝きながらただ浮いているように見えるが。

　実際は、絶対速度で秒速一五〇キロは出ている。太陽の引力も利用しているのだろうが、初速も相当速かったはずだ。

「ま。この機体に比べれば、はるかに効率の悪い水爆エンジンだけれどね」

クスッ、と笑う気配がして。

前席に着く忍の右肩に、少し高くなっている後席から、宇宙服のグローブが伸びてきた。

宇宙服越しに、肩をクッ、と摑まれた。

（……!?）

ぞわっ
妙な感覚が走って、忍は思わず「きゃ」と声を上げそうになった。

同時に、

——危険

何かが聞こえた。

いや、聞こえたような気がした。

——危険だ、水無月忍

えっ……？

だが
「フフ。感じやすいのね」

甘ったるい声に、空耳のように聞こえた何かの〈声〉は、掻き消されてしまう。

「……な」

「可愛いわ」

「な」

何をするんですか、と言いかけた時。

ピッ
何かを知らせるように、モニター正面のサークルが明滅した。

「接近速度がまだ速いわ、忍」

急に硬い声になり、エヴァリン・ゲイツが言う。

「このままではぶつかる」

「──えっ？」

「相対速度をゆるめて。秒速一〇メートル以下に」

「え、は、はい」

## ●東京　国防総省　統幕議長執務室

「UFCを呼び戻さなくては危険、とはどういうことだ？　波頭中佐」

明け方の室内には秘書官もおらず、一人だ。

峰剛之介は、肩に挟んだ携帯電話に訊き返す。

話しながらネクタイを締め、執務室のサービス・カウンターに置いてあったコーヒーメーカーから中身をカップに注ぐ。昨夜のものだから煮詰《につ》まっているが、ないよりはましだ。

「木星船を、このまま放置しておいたら、地球が危ないのだろ」

『いいえ議長、このままでは地球を――いえ国を護る〈最後の手段〉も、われわれは失ってしまいます』

「どういうことだ」

『そちらの執務室のパソコンに、これからデータを転送します。見てください。ただし急いで』

## ●浜松基地　独身士官宿舎　女子棟

「おかしいなぁ」

睦月里緒菜は、三回目の目覚ましアラームでようやく目を覚ますと、室内を見回した。

一瞬、ぽかんとする。

自分一人だ……。

(そうか)

どうりで、起きられなかった――

忍がいない。

「――忍、どこへ行ったのかな……？」

里緒菜は首をかしげる。

目をしばたたくと、ようやく記憶が戻ってくる。

「あ、そうか……。昨夜、構内放送でプールへ呼び出されて――」

見回すと、室内の様子は、昨夜二人で航法訓練の準備作業をしていた状態のまま。同室で、いつも寝起きを共にしている水無月忍は、あれから一度もここへ戻っていない。どうやら、呼び出されたままらしい。

まさか、まだプールにいるわけではないだろう。

今日は、大事な航法訓練の日だというのに……。

「どうしようかなぁ。困ったな」

## ●太平洋上　戦艦〈大和〉

「データリンクは、復旧せんのかっ」

UFCコントロールセンターでは、失神して倒れた魚住渚佐に代わって管制卓についた郷が、唸《うな》っていた。

宇宙へ出た〈究極戦機〉とのデータリンクが、途切れたままだ。

今、UFCが——水無月忍とエヴァリン・ゲイツがどの空間にいて、何をしているのかまったく摑めない。

急造りで天井に設置された情況表示ディスプレーも、真っ暗なままだ。

「ううっ」

〈究極戦機〉は、今どのあたりに……。

いや、そもそもUFCは——無事に宇宙へ出られたのか……？

これでは、何もわからない。

「ご、郷大佐」

　渚佐を救護班に運ばせたあと、甲板の様子を見に出ていた井出少尉が、階段を駆け下りてきた。

「大変です。データリンク用の外部アンテナが、さっきの衝撃波で全部吹っ飛んでしまっています」

「な、なんだとっ」

「〈大和〉の技術部に、急いで修理してもらわなければなりませんが――パーツがあるかどうか」

「ううむっ」

　だが、唸る郷の後ろで「クスッ」と笑う声がする。青いつなぎの飛行服を着た、渡羽鷗だ。

「大丈夫ですわ、大佐」

「だ、大丈夫って、渡羽教官。これでは、地上からの支援ができんのですぞ？」

「あっちには、エヴァが――いえゲイツ博士がついているのです。きっと、地上からモニターしていなくても、彼女たちはするべきことをうまくやるでしょう」

　四十代だが、女子アナのような美貌を持つ女性飛行士は、腕組みをして天井を見上げた。

「きっとうまくやるわ。フフ」

## ●月と地球の間

「外観に損傷はないわ」

もう、肉眼で見える。

相対接近速度をさらに落とし、〈究極戦機〉は木星船――モニター正面に姿を現した、全長三三〇メートルあまりの赤白縞模様のタワーのような物体へ、斜め後ろから接近する。

四つのお椀のようなノズルは、真っ黒いまま。

無人船は、ただ浮いているように見えるが。今この時もわずかに加速しながら、はるか右前方に透明に輝く太陽へ向かって『落下』し続けているのだ。

だがこのままでは、目の前の巨大な船は太陽までたどり着くことはなく、その前にさらに右手からくる地球と直角に交差するようにぶつかる、という。秒速一五〇キロなら、うまくすれ違えば地球の引力に捕らわれることはないが、直撃コースだという。

「メインノズルが、まだこちらを向いている。姿勢変更プログラムが実行されてない。減速して、軌道投入するのなら、急がないといけないわ」

エヴァリン・ゲイツは、塔状の船体の様子に注意を向けていたが。

「――」

忍は、前方に大きくなってきた木星船に接近する操縦に集中しながら、気になることがあった。

さっき木星船と一緒に探知された、すぐ近くを並行して飛ぶ〈物体〉だ。

(――一〇キロしか、離れていない。どこだろう)

忍は視力がいい。

確か、あのあたりだ……。目を上げて、探る。宇宙では邪魔になる空気もない。木星船のやや左上あたりに目を凝らすと、いた――

小さく白く輝く点のようなものが、浮いている。巨大な木星船と、並走する位置だ。

(拡大)

操縦桿からそっと右手を離し、〈究極戦機〉がまっすぐ進むことを確認すると、グローブの指でできるだけ素早くモニターの拡大操作をする。すぐに手を操縦桿へ戻す。

パッ
モニター正面やや左に、もうひとつの拡大ウインドーが開く。小さく白く見えた影を、拡大する。

「……シャトル？」

いや、もっと大きい。

「ゲイツ博士、宇宙船です。もうひとつ」

「エヴァって呼んで」

後席の女性科学者も、言いながら拡大ウインドーへ注意を向けた。


拡大されたのは、一隻の宇宙船だった。

忍は、そう思った。

(――普通の形をしている……)

なんだろう。

白い宇宙船の船首は、コロンビア型スペースシャトルの設計を流用したのか、見慣れた形状をしている。ただし船体は長く、シャトルの軌道船《オービター》よりずっと大きい。主翼も備えている。大気圏内へ突入する能力もあるのだろう。

その白い船首に、女博士の宇宙服アセンブリの肩にあるのと同じ星条旗のマーク。

「あれは月往還船よ。忍」

エヴァリン・ゲイツが言った。

「月面のアルファ基地に、物資を運ぶイーグル型宇宙船。二十六隻あるうちのひとつ」

「わたしたちより先に、追いついてたんですか」

「そうらしいわね」

　女博士はうなずく。

「たまたま、月の近くにいたのね。交信できたらいいんだけど」

「すみません。〈究極戦機〉が交信できる相手は、限られています」

　今のところ〈究極戦機〉が通話回線を開ける相手は、〈大和〉のＵＦＣコントロールセンターと、数機ある随行支援戦闘機だけだ。

　機密保持のためというより、星間飛翔体の人工知性体が気難しい――異文明である地球の通信系との間にリンクを開きたがっていない――からだという。詳しいことは設計者の葉狩博士でなければ、わからない。

「知っているわ。どっちにせよ、木星船に乗り移って軌道変更操作を行えるのは私しかいない。彼らは並行して監視するだけよ」

　話しながら、エヴァリン・ゲイツが後席でハーネスを外す。カチャッ、と留め金が外れる音。

「予定どおりいくわ。忍」

「はい、博士」

「エヴァって呼んでちょうだい」

「――」

いったいいくつなのだろう、白人の美人は年齢がわからない――そう思いながら、忍はコマンドモジュールのハッチを開くのなら、自分もヘルメットのフェース・プレートを閉じなくては、と考えた。

モニターの正面には、木星船の船尾――巨大な四つのお椀形ノズルが迫ってくる。接近する角度は、ぎりぎりノズルの縁をかすめて、銀色の球形タンクが葡萄の実のようについている船体の本体に当たる感じだ。

向こうが三三〇メートル、こちらは全長一八メートルだから、巨大な鮫《さめ》に小魚が寄るようなものだ。接触する直前で制動をかければ、すぐ横に寄り添って飛べる。

どうにか、ここまできたか……。

ハッチを開いて、博士を向こうへ乗り移らせたら。

木星船が宙で回れ右をして、メインエンジンに点火する間、忍は〈究極戦機〉を待避させて待つ。

木星船は減速をするから、はぐれないように随伴《ずいはん》しなくてはならない。

その後、船が地球周回軌道へ乗った時点で、ふたたび接近して博士を回収する。

そういう手はずだ。

本当は、UFCコントロールセンターから逐一《ちくいち》、指示をもらいながらミッションを進めるはずだったのだが――

（――データリンク、まだ回復しないな……）

〈大和〉の側のレーザー通信装備が、不調なのだろうか……？　右手の通信パネルでは〈ＤＡＴＡ　ＬＩＮＫ〉という赤い警告灯が点いたままだ。地上とつながらない。

そこへ、

「忍。有人でコントロールできるブリッジは、先端よ。少し角度を調整して」

肩のすぐ後ろでエヴァリン・ゲイツが言った。

「先端部と並べてくれたらいい。よくやってくれたわ、もう少しよ」

「あ、はい」

「あ、そうそう」

女博士は思い出したように、忍の右肩越しに宇宙服の手を伸ばしてよこした。何かスティックのようなものを、グローブの指に挟んでいる。

「ちょっと、これを持っていてくれない？　忍」

「え」

「ＵＳＢメモリ。あの船を回れ右させて、メインエンジンを噴かせるエキサイティングなプログラムが入っているの。大事なものよ。私がフェース・プレートを閉じる間、持っていてくれない？」

「あ、でも」

ちょっと、手が離せない。

一番、神経を使う、最接近の操縦だ。

「ちょっと操縦桿から、手が離せません」

「じゃ、口にくわえて」

「え」

「ちょっとの間だから。ヘルメットを閉じたら、返してもらうわ」

「は、はい」

**●東京　国防総省**

峰の執務室。

窓の外は、明け方の濃い藍色だ。六本木《ろっぽんぎ》の街の喧騒も、この時刻ではさすがにない。

静かな室内で、デスクに開いたノートPCの画面を、峰剛之介は注視した。

「——」

永田町の波頭から、メールの添付ファイルが転送されてくる。

マウスで、クリックして開いた。

パッ

途端に、膨大な数字の羅列《られつ》が上下に表示される。

「――なんだ、これは……？」

眉をひそめる。

「おい。訳がわからんぞ、波頭」

『議長。これは、誰が送ってきたのかわかりませんが――』

肩に挟んだ携帯で、波頭が説明する。

『有価証券その他の、取引データなのです』

「……有価証券？」

そんなものが、木星船や〈究極戦機〉とどう関係するのか。

だが波頭は続ける。

『これは、驚くべきことに米国の政財界の要人たちが、みんなで空売り《からう》をしているというデータです。西日本帝国の株、債券《さいけん》、先物《さきもの》、とにかく空売りしまくっている。しかも決済される時点まで表には出ない、巧妙《こうみょう》なやり方です』

「どういうことだ？」

『米国の要人たちが、つまり西日本そのものを空売りしようとしている、という事実です』

「わが西日本を空売り、とは――どういうことだ」

『日本が破滅すれば、彼らは大儲《おおもう》けするんです』

「何？」

『よろしいですか議長、この膨大な空売りには〈時刻設定〉があります。ある日時で、一斉に空売りが実行されるように設定されている。まったく、こんなことをよく企んだものだ。張り込んだ資金も莫大です。おそらく裏に、米国以外の国からの資金も入っている』

「……よく、わからんが」

峰は、息を吐いた。

「西日本の株や債券が空売りされると、どうしてUFCを呼び戻さねばならんのだ？何か関係があるのか」

『大ありです、議長』

波頭はうなずく。

『空売りの仕掛けられる〈時刻設定〉が、六時間後なのです。今日の、たった今から六時間後』

「何」

## ●月と地球の間

（距離、左真横三〇メートル──今だ）

　忍は、〈究極戦機〉を巨大な塔状の船体に沿って進ませると、先端部の少し膨らんだ円筒状の部分──おそらくブリッジだろう──に並ばせた。

　スターシップ・フォーメーション──『飛行形態』のＵＦＣ１００１は、外側から見れば、太陽光を受けて銀色に輝く猛禽のような姿だろう。

　今その猛禽が、木星船の周囲にくっついている多数の銀色の球体タンクを翼端で引っかけないよう、注意深く相対速度を落として、長大な船体の先端部に静かに並んだのだ。

　相対速度、ゼロ。

　完全に、きれいに真横に並んだ。

　だが、

「忍。もう少し、左へ寄せて。万一に備えて、ＥＭＵの推進剤を節約したいの」

　後席から乗り出すようにして、一緒にモニター視界を眺めていたエヴァリン・ゲイツが耳元で言う。もう少し左横へ移動し、ブリッジのエアロックへ近づけてほしい、という。

木星船ブリッジのエアロックへは、〈究極戦機〉のコマンドモジュールのハッチを出てから、ＥＭＵのバックパックに装備されているセイファーという推進装置を使うのだ。

昨夜、忍が浜松のプールの水中で、うまく扱えずに苦労した『あれ』だ。

（そうか）

なるべく、近寄せたほうがいいな……。

命綱《いのちづな》などはない。三〇メートルという距離は、昨夜のプールの縦の全長より長い。

忍は納得し、口に預かったＵＳＢをくわえたままうなずくと、右の手首で操縦桿をほんの微か、左へ傾けた。

横へ、もう一〇メートルばかり寄せよう。

うまく、やらなくては――

思わず、口にくわえていたＵＳＢを舐《な》めた。

途端に、

「……⁉」

うっ、なんだ……⁉

舌《した》が痺《しび》れた。いや、続いて顔が、首から上が――おかしい。動かない。

忍は、突如襲った感覚の麻痺《まひ》に、うめこうとしたが口も動かない。

（ど——どうしたんだ……⁉）

思わず、動かそうとした右の手首を、後ろから出てきた宇宙服のグローブが掴んだ。

「おっと。そのまま」

エヴァリン・ゲイツのヘルメットが、忍のヘルメットにゴツッと当たり、背後から覆いかぶさるように密着した女博士が、忍の両手を操縦装置から外してしまう。

何を、するの……⁉

だが上半身も痺れてきた。逆らえない。

目だけ、なんとか右側を見ようとするが——

ヘルメットの内張りが、見えるだけだ。

「忍、ごめんね」

耳に声だけがした。目の前が——かすんでよく見えない。

「よくここまで、連れてきてくれた。あなたの〈声〉も採取した。このマシンは、いただくわ」

「……⁉」

# 5

## ●月と地球の間　〈究極戦機〉

「こちら蟷螂《かまきり》」

エヴァリン・ゲイツは、ぐったりした水無月忍の上半身を前席シートにもたれさせると。そのくちびるから抜き取ったUSBメモリを、自分の顔に近づけた。

「こちら蟷螂。鷲《わし》、応答せよ」

どこかを呼んだ。

小さな棒状のUSBメモリは、小型高性能の無線機もかねているのか。

しかし、

「応答せよ。こちら蟷螂」

何度か呼びかけ、女博士はヘルメットの中で首をかしげる。

「おかしいわ。あんな近くまで、来ているのに」

〈究極戦機〉のコマンドモジュール内は、Gキャンセラの働きで、シート座面に対して1Gの重力がかかっている。女博士は棒状の無線機を指でつまんだまま、球形空間を見回す。

「そっか」舌打ちする。「電波は通さない――ってわけか……。出るしかないわね、外へ」

## ●地球　種子島　JSDA宇宙センター

「主任」

種子島宇宙センター、管制室。

階段状にずらりと並ぶ管制卓のひとつから、研究員が振り向いて報告をした。

「主任。現在、計算上、木星船が月の陰から出る時刻です。光学観測が可能になります」

ここ管制センターでは、夜通しでスタッフが管制室に詰め、木星船とのデータリンクを回復させようと試みていた。

しかし今のところ、成果は挙がっていない。

階段状の空間の隅の給湯コーナーに、カップヌードルと割り箸の残骸が積み上がるばかりだ。

「よし、わかった」

的外研究主任は、指令席から立ち上がると、正面スクリーンの時刻表示を見やった。そろそろ、東京では陽《ひ》が昇る。

木星船が軌道変更のリミット・ポイントへ到達するまで、あと――

「時間がない。俺はこれから、上の光学観測室へ行く。みんなは現状維持を頼む」

的外は、宇宙センター屋上に設けられた光学観測室へ、自ら上がるというのだった。居ても立ってもいられない、という風情だ。

「主任？」

「主任？」

意外そうな表情が、振り向いて注目するが。

「いや、木星船が、太陽の重力の影響でわずかに加速している可能性がある。そうなると、望遠鏡でもうまく捉まえられないかもしれない。ここも陽が昇ってしまえば、望遠鏡は使えない。一発勝負だ。俺が行く」

「――」

「――」

「軌道変更のリミット・ポイントまで、あと六時間だ。みんなは、データリンクの復旧に全力を尽くしてくれ」

「はっ」

「ははっ」

## ●月と地球の間〈究極戦機〉

かすんでよく見えない視界の外で、声がした。

「忍」

（う――）

忍は、意識はなくしていない。

いったい、どうしたんだ……。

だが身体だけが、どうしても言うことを聞かない。指先ひとつ、動かせない。

何か、塗ってあったのか。あのＵＳＢ――

痺れ薬……？

まさか。

〈究極戦機〉のコマンドモードは、慣性飛行でも無重量状態にならない。だから博士の『大事なＵＳＢ』を、口にくわえて持っていてあげたのだ。それが、こんなことにされるなんて……。

わたしを麻痺させて、どうするつもりなんだ。

エヴァリン・ゲイツ――

(――この人、何者……)

だが忍は、フェース・プレートを上げたヘルメットの中で、目をしばたたくのがやっとだ。

「忍。可愛いから、あなたを殺すことはしないわ。ヘルメットは閉じておいてあげる」

声が言うと。

忍の目の前で、誰かの指によって、フェース・プレートが閉じられた。息がプレートに当たって、白くなる。

シュー
純粋酸素が自動的にヘルメット内に供給され、あまりに乾燥したそのエアが、プレート内側の曇りをすぐに消し去ってしまう。

自分は、まだ息をしている――

喉が、いがらっぽい。戦闘機のマスクよりも乾燥したエアだ……。

これから、どうされるんだ。

(……この人、今、なんて言ったんだ――)

このマシンは、いただくわ……?

パチ
エヴァリン・ゲイツは、自分のヘルメットのフェース・プレートも閉じると、宇宙服アセンブリの左の二の腕についた表示盤でEMUの気密状態を確認し、うなずいた。

「一応、予定どおりか」

水無月忍を、木星船との会合までは操縦に専念させ、ランデブーに成功し次第眠らせる、という〈手順〉はうまくいった。

自分を迎えにきた母国の宇宙船との交信ができない、ということだけが予定どおりでない。

しかしそれは、コマンドモジュールのハッチを開けてしまえば、すむことだ。

「じゃ、出るとするか」

NASAに所属するMS、という表向きの肩書きでこの機体に乗った〈女博士〉は、忍がぐったりともたれる前席の右のコントロール・パネルに手を伸ばし、〈DECOMPRESSION〉と表示された赤いガード付きスイッチを跳ね上げて押した。

途端に、
シューッ
コマンドモジュール内を、それまで弱く与圧していた〇・三気圧の純粋酸素がどこかにあるポンプで『回収』され、気圧が急激に下がる。

　真空状態に近くなっていく。

〈究極戦機〉にはエアロックがないので、外の宇宙空間へ出るには、こうして操縦席を減圧し、直接エントリー・ハッチを開け放つのだ。

　これは〈大和〉を出る前に打ち合わせていた通常の手順だ。後付けされたシステムだから、忍自らでなくても操作は可能だ。

「――減圧、よし」

　女博士は、自分の宇宙服の二の腕の表示盤で、周囲の気圧を確認する。ＥＭＵの生命維持システムのセンサーが、操縦席に呼吸できるエアがほとんどなくなったことを、数字で表示する。

　気圧、ほぼゼロ。

　エヴァリン・ゲイツはうなずくと、忍の座る前席の右パネルへまた手を伸ばし、今度は〈ＥＮＴＲＹ　ＨＡＴＣＨ〉と表示された赤いガード付きスイッチを、撥ね上げて押した。

「そら、開け」

●宇宙空間

静かに空間を突き進む、巨大な木星船。

片側から透明な太陽光を浴び、赤白の縞模様のフレームと銀色の球形タンク群が、もし見る者がいたならば目をすがめるほどに輝いている。

その先端部分に寄り添うように、やはり太陽光を浴び銀色に輝く、猛禽のような姿のマシン。

速度を比較するものがないので、巨大な宇宙船と猛禽のようなマシンは、真っ黒い宇宙に寄り添ってただ浮いているようにも見える。

プシュ
今、その銀色の猛禽のくちばしのやや後方で、小さな蓋のようなものが跳ね上がり、楕円形の開口部を開いた。わずかに内部にあった水蒸気が拡散し、凍って太陽光にきらきら輝く。

●〈究極戦機〉

「こちら蟷螂」

エヴァリン・ゲイツは、開放された開口部から星空を見上げ、今度はＥＭＵの無線を使ってどこかへ呼びかけた。

どのみち、地球へは届かない弱い電波だ。

「こちら蟷螂。〈獲物〉は手に入れた。どうぞ」

『こちら鷲』

今度はすぐ、応答が来た。

男の声だ。

『確認する。ＵＦＣ１００１は確保したのか』

「したわ」

女博士は、前席でぐったりする水無月忍に視線を下ろした。

フェース・プレートの下で、潤むような黒い瞳が見開かれたままだ。意識はあるのだろう――他人を疑わないような、性格のいい子だ。きっと驚いているに違いない。

「眠れるお姫様も一緒にね」

『了解した。今、そちらへ移動する』

**●宇宙空間　米国宇宙船イーグル26号**

プシュッ
白い船首部分に、コロンビア型スペースシャトルの設計を流用した大型（地球圏では）の宇宙船（イーグル型）は、横向きに姿勢制御噴射を一回行うと、ゆっくり横移動を開始した。

今まで一〇キロの間隔を取り、木星船と並行に飛びながら待機していたが。いよいよ接触をする時機がきたのだ。

並行して宇宙を進む、巨大な木星船に、左横から接近していく。

同時に船体背面の貨物室《カーゴ・ベイ》の両開きドアを、開放し始める。

ゆっくり背中を開く。

あらかじめ、ＥＶＡの準備をして待機していたのか。薄いグレーのＥＭＵを装着した影がいくつか、カーゴ・ベイ内のエアロックから姿を現す。

『確保、準備』

『準備』

『準備にかかる。ロボット・アームを出せ』

横向きに移動する宇宙船の背後で、カーゴ・ベイのドアが開ききると、三つのＥＭ

U——生命維持ユニットと推進装置をつけた宇宙服が、浮いたまま作業にかかる。薄いグレーの宇宙服アセンブリには、国籍を示すマークが何もない。
開放されたカーゴ・ベイの中から、二本のロボット・アームがゆっくりと鎌首をもたげる。

## ●〈究極戦機〉

「忍、強い薬じゃないわ」

コマンドモジュールのハッチが開放されると、Gキャンセラは自動的に切れる仕組みになっているのか。天井の開いた球形操縦席は、急に無重力状態になった。

エヴァリン・ゲイツは、ふわりと自分の身体を浮かせると、前席に寝かせた水無月忍のヘルメットを覗き込んだ。

「効力は、せいぜい三十分。歯医者の麻酔と思えばいい。あなたの身柄は確保されて、向こうのイーグル型に乗り移らされる」

忍が聞いているのか、わからない。

ただ、女博士のヘルメットのイヤフォンにも、忍の呼吸するような音が聞こえてくる。意識があるのなら、聞いているだろう。

エヴァリン・ゲイツは続けた。

「私の〈仕事〉がすむまで、待っていてちょうだい。そしたら、たっぷり可愛がってあげる」

『ゲイツ少佐』

そこへ、さっきとは別の声が入った。

『さすがは、〈宇宙の蟷螂夫人〉だな。また他国の女性飛行士を、たらし込んだというわけか』

「品のない言い方はやめてちょうだい、船長《コマンダー》」

金髪の女博士は、ヘルメットの中で、近づいてくる白い宇宙船を見やる。

「私は、これから早速木星船のブリッジに移って、〈仕事〉にかかるわ」

『了解だ。その間にわれわれは、ＵＦＣ１００１の機体確保にかかる』

## ●宇宙空間

イーグル26号は接近し、木星船に重なるように近づく。塔のようなトラス構造の本体にくっついた球体タンク群の上を、かぶさるように横へ移動する。太陽光を受け、イーグル型の船体の主翼は白く輝き、下の球体タンクに濃い影が落ちる。

プシュッ
白い有翼の宇宙船は、木星船本体をまたぎ越したところで、ふたたびRCS（姿勢制御）の噴射を行うと、宙で器用に船体を回転させ、背面になる。いや、どちらが下とか決まってはいないので、〈究極戦機〉の機体から見て背面の姿勢になっていく。

プシュッ
もう一度噴射し、回転を停止。

横移動も停止。

背面姿勢の船体から、二本のロボット・アームが、猛禽のようなシルエットのマシンを前後から摑むように伸ばされる。

その下をくぐるように、白いEMUがひとつ、自前の推進システムを噴射して移動していく。

猛禽の背部の楕円形ハッチを蹴って出てきた、エヴァリン・ゲイツの宇宙服だ。

白いEMUは、三〇メートルの距離を迷いなく移動して、巨大な塔状宇宙船の先端部についた細長い繭《まゆ》のようなユニット——有人操作ブリッジにたどり着く。

●木星船　ブリッジ外側

白いＥＭＵは、長大な繭のような有人ブリッジ側面に取りつくと、〈ＡＩＲ　ＬＯＣＫ〉と赤く表示された外部ハンドルを摑んで、回した。

巨大な宇宙船の先端部だが、この繭のようなユニットだけで、ちょっとした宇宙ステーションの実験モジュールひとつぶんくらいの大きさがある。

円形のハッチが、手前へ浮く。

さらにハンドルを回して、蓋が開くと。モコモコしたＥＭＵは、昆虫が巣へ入るみたいにハッチの内部へ潜り込んだ。

その姿が、内部に隠れて見えなくなる。

●木星船　船内

シューッ
エアロックの機能は、この巨大船を地球軌道上から出発させた五年前と同じに、正常に作動した。
外側の扉を閉め、壁のパネルで操作すると、エアロック内に呼吸可能なエアが放出される。

シュウウウウッ

宇宙服アセンブリの二の腕の表示盤で、緑のＬＥＤが点灯する。

呼吸可能。

「――」

エヴァリン・ゲイツは、ヘルメットのフェース・プレートを少し開けると、探るように息を吸った。空気のにおいを確かめるようにすると、両手でヘルメットを撥ね上げた。

カチャ

「――ふう」

『中へ入ったか?』

金髪美女の耳に入れたレシーバーに、声が入る。

『エアロックは、使えたか』

「使えたわ。大丈夫」

無線のイヤフォンは小さく、耳につけられるので、ヘルメットを取っても通話はできる。

「これから、ブリッジに入るわ」

『了解。われわれも、ＵＦＣの機体を確保するところだ。一段落したら、そっちへも人をやる。船を爆破する前にデータを取らねばならん』

「ねぇ」

金髪の女科学者（宇宙船からは『少佐』と呼ばれていたが）は、エアロックから有人ブリッジへ入る気密ハッチのハンドルに手をかけながら言う。

「操縦席にいるお姫様は、殺さないでね」

『だが、〈特殊操縦者〉の声なら、君がもう採取したんだろう？』

「シノブは」

エヴァリン・ゲイツは、ハンドルを回しながら、くちびるを舐める。

「私が必ず、われわれの『協力者』にしてみせる。だから殺さないで」

『ううむ』

外のイーグル型に搭乗しているらしい男の声が、唸った。

『それは上の判断を、仰がねばならないが――』

「私の〈腕〉は、ご存知でしょコマンダー。必ずしてみせる。カモメの時のようにね」

## ●米国宇宙船　イーグル26号

操縦席の天井窓に、頭上のロボット・アームの動きを見ることができる。

銀色の猛禽のようなシルエットを、前後から摑むところだ。

「ま。固定作業がすんだら、とりあえず君の言う〈お姫様〉は、こちらへ移そう」

操縦室の左側シートに身体を固定し、窓から船外作業の様子を眺めながら白人の男が言った。

この船のコマンダーである。

「〈作戦〉の計画では、UFC1001の機体のみ手に入れられれば、よいことになっていたが」

『お願いよ』

「わかった、わかった」


前時代のスペースシャトルと比較して、ざっと倍の船体容積を持つイーグル型宇宙船は、米国が月面に建設中のアルファ基地へ物資を輸送するという名目で二十六隻が就役《しゅうえき》していた。

しかし昔のスペースシャトルがそうであったように、イーグルも任務飛行の半数以上は軍事目的で、そのような飛行は極秘扱いされていた。軍用飛行ミッションでは、乗り組む搭乗員もNASAの飛行士ではない。一生、テレビや新聞に顔の出ない、軍の飛行士だ。

「また、〈蟷螂夫人〉ですか」

コマンダー席の後ろから、若い飛行士が浮いて流れてきて、窓の外を見やる。

「いつもの癖《くせ》ですか」

「ああ。しかし、ああやって各国の女性飛行士を『協力者』にして、情報を取ってくるんだから文句も言えん」

イーグル型には、何名の飛行士が搭乗しているのか。昔のシャトルよりは多い。軍のミッションに携わる飛行士には、CIAやNSAからの出向者も多かった。エヴァリン・ゲイツは、CIAが初めからこのような任務につけるために、新人からNASAへ入れた科学飛行士だった。

「しかし、大きいですね。木星船」

「うむ」

コマンダー――船長はうなずいた。

「われわれも三段ブースターをつけて、無理やり加速して追いついた甲斐《かい》があったというものだ。この船が戻ってくる、とわかってから急遽《きゅうきょ》、立案された〈作戦〉だが

――うまくいったな」

●木星船　ブリッジ

「……メインエンジンは――本来の〈帰還プログラム〉に従って、正常に木星軌道上のプラントを出発している」

ブリッジの電源は正常で、照明も点いた。

エヴァリン・ゲイツは、ヘルメットを外した宇宙服姿で、有人管制コンソールに着くと、浮いたまま木星船の管制システムの作動履歴をチェックした。

「おそらく、プラントがなんらかの〈原因〉で全滅をする直前に、出発できたんだわ……。でも地球へ近づいた時点で、メインエンジンのコントロールが失われている――」

作動履歴の画面を見ながら、女博士は訝《いぶか》った。

どうしたんだろう――？

別の画面を開いて、船体の状況を表示させる。

（……なんだ？）

金髪の博士は、眉をひそめる。

表れた画面は、長大な宇宙船の横向きの構造図だが――ちょうど先端部のブリッジと後部のメインエンジンの中間あたりで、なんらかの損傷が生じて、コントロール系が寸断されている。

細長い塔状の船体の断面図の真ん中あたりに、赤い大きなバツのマーク。

「何かしら、これ」

思わず、という感じで、女博士は腕の表示盤の時刻を見やる。

「あと一時間以内に、メインエンジンが自爆するようにプログラムしないといけないのに……」

ブリッジの窓の外を見やると。

背面になったイーグル型の船体が見える。

ちょうど、〈究極戦機〉の猛禽のような姿を、二本のロボット・アームが前後から摑むところだ。

「UFCは、イーグル26号に固定して、ラグランジュ点《ポイント》にひそかに建造中のわが軍用ステーションまで曳航《えいこう》する計画だけれど――早くしないと、地球からの光学観測で、やっていることがばれるわ」

この船がうまく爆破できないと。

UFCを奪取《だっしゅ》したことが、世界にばれる……。

〈作戦〉では、〈究極戦機〉は木星船の軌道を変えようと接近したが、その時に突然、爆発が起きて、木星船もろともこの世から消えてしまった――そのようになる『筋書《すじが》き』だ。

米国が、ひそかに〈究極戦機〉を奪い取ったことが、世界にはわからないようにする。西日本帝国は一応、同盟国だから、このようにでもしないと〈究極戦機〉を取り上げることができない。

特殊操縦者の水無月忍も、〈作戦〉では本当は生き残っていてはいけないのである。CIAの収集した情報によれば、水無月忍の〈声〉さえサンプリングできれば、〈究極戦機〉は動かせる、とされている。

「仕方ないわ」

エヴァリン・ゲイツは唇を舐める。

「船体中央部の損傷箇所を、見にいかなくちゃ……。応急的にでもケーブルをつないで、メインエンジンのコントロールを回復させせないと」

# 6

## ●宇宙空間　イーグル26号

「コマンダー」

木星船のブリッジと並んで浮いている〈究極戦機〉——銀色の猛禽のような『飛行形態』の機体を、二本のロボット・アームが前後から挟む。

三つの灰色のＥＭＵの影が、白いセイファーの煙を噴かしてアームの接触部分に近寄り、固定作業に取りかかるところだ。

その様子が、操縦席の天井の窓に見えている。

コマンダーと呼称される船長と、若い飛行士が眺めていると。操縦席の後方から、もう一人別の飛行士が流れてきて報告をした。

「コマンダー、ちょっと変です」

「どうした」

船長は、天窓から目を離さずに訊く。

すでに木星船の進行方向右手に、蒼いガラス球のような地球がぽかりと浮いて、見え始めている。

木星船は、秒速一五〇キロで衝突コースを突き進んでいるのだ。

「今、いいところだぞ」

「は、それが、たった今撮影した木星船本体の画像を巻き戻してみたのですが、基幹構造《トラス》の中に、変な影が見えます」

「──なんだと?」

「ちょうど、船体の中央部です。重水素タンクの陰になって、よくわからないのですが。何か大きな影です」

「こっちの画面に出してくれ」

船長は、左右の操縦席の真ん中にある、多目的ディスプレーを指した。

「は」

そこへ
『コマンダー、私よ』

スピーカーに女の声。

エヴァリン・ゲイツだ。

『こちらで、トラブル発生。ブリッジとメインエンジンの間の、制御系のケーブルがどこかで寸断しているわ。このままでは、メインエンジンを自爆させられない』

「なんだと」

『こちらの船体状況画面によると、船体の中央部に損傷があるらしい。アームの固定作業がすみ次第、作業班の飛行士をやってもらえない？　私もすぐ向かうわ』

「うむ、わかった」

　船長は、うなずいた。

　木星船を自爆させられないと、〈作戦〉が秘密裏《り》に終わらない。それどころか、地球へ落下させれば地表に被害が及ぶだろう。

「ＥＶＡに出ている三名を、できるだけ早く向かわせる。ケーブルの修理に必要な資材も、エアロックに用意させよう」

『助かるわ。お願い』

「コマンダー」

　後方の観測席へ戻った飛行士が、呼んだ。

「そちらの画面に、プレイバックを出します。ご覧ください」

●木星船　ブリッジ

「とりあえず、プログラムは差しておいて――」

エヴァリン・ゲイツは、宇宙服アセンブリの胸の用具入れからUSBメモリのスティックを取り出すと、管制卓《コンソール》の受け側《リセプタクル》へ差し込んだ（十年前の設計の宇宙船だから、システムはやや古い）。

ピッ

〈SELF　DESTRUCTION〉

〈ARM〉

管制画面に、赤い文字。

自爆装置、起動準備というメッセージだ。

さっき水無月忍を昏倒《こんとう》させた、痺れ薬を塗ったUSBだが、本来の機能もちゃんと果たす。木星船の管制システムに侵入して、メインの水爆エンジンを爆発させる。

プログラムを起動させれば、所定のカウントダウンを経たのち、この巨大宇宙船は核融合爆発を起こして跡形もなく蒸発する。

だが、

ピピッ

〈ＳＹＳ　ＤＩＳＣＯＮＮＥＣＴ〉

不具合を示すメッセージ。

「――システム切断、か……。やはりね」

やはり、ブリッジとメインエンジンの間で、制御系がつながっていない。

たった今、船体状況画面で見たとおり、長大な塔《タワー》のような船体の中央部に損傷があって、ケーブルが切れているのだ。

金髪の女博士――ＣＩＡ所属の宇宙飛行士は、背中へ撥ね上げていたヘルメットを、両手でかぶり直した。

修復には、もう一度エアロックから外へ出るしかない。

だが損傷箇所まで、画面によると、ブリッジから少なくとも一五〇メートルはある……。

くちびるを舐めた。

（――セイファーが故障しなけりゃいいけど）

**●イーグル26号**

操縦席のスピーカーに声。

『コマンダー、これから出るわ。プログラムはもう差し込んであるから、切れているケーブルさえつなぎ直せば、自爆シークエンスはすぐに始まります』

「了解だ」

船長はうなずきながら、左右の操縦席の真ん中にある多目的ディスプレーを見やった。

その画面に、後方の観測席から送られてくる、外部カメラの画像が映し出される。

「応援の作業班は、すぐ向かわせる。今、船体中央部の撮影画像を、プレイバックして見ている。損傷箇所がわかるかもしれない」

## ●宇宙空間

静かに浮いたままの〈究極戦機〉の機体のそばでは、三つのＥＭＵが、セイファーの白い煙を噴射しながらアームの固定状況を確認していた。

『固定はＯＫだ。しかし、これが〈究極戦機〉か』

無線を通じ、三名の飛行士が会話している。

『意外に小さいんだな』

『全長一八メートルだとさ。あれだろう、戦う時は、女性型にトランスフォームするんだろ』

『男が操縦したら、さまにならんな』

地球からここまで、数分でやってきたという〈究極戦機〉は、静かに浮いたままだ。

有翼の猛禽を想わせるシルエットの背面では、楕円形のハッチが跳ね上がり、コマンドモジュールが露出しているのが小さく見えている。

エントリー・ハッチは、操縦席の頭上が開く仕組みなので、操縦席と搭乗者の姿までは見えない。

『捕獲したら、いったい誰が操縦するんだ』

『ゲイツ博士か？』

『若い子にしてくれ』

『いや、ばらして、核融合炉だけ使うんだろう』

そこへ、彼らの『頭上』に見えているイーグル26号の操縦室から無線が入った。

ザッ
『EVA作業班の諸君、ご苦労だ』

船長の声だ。

『苦労ついでに、すまんが木星船本体の中央部を見てきてほしい』

## ●イーグル26号　操縦室

「そこから、本体に沿って、一五〇メートル後方だ。ＥＭＵにとってはやや遠距離になるが、ケーブルをつなぎ直さないとエンジンを自爆させられない」

船長は、天窓の外の三つのＥＭＵを見上げながら、マイクに言った。

三名は、推進剤を少し使ってしまっているが――技量は高い。なんとかしてくれるだろう。

「頼む。エアロックに寄って、資材を持っていってくれ」

『了解』

『了解』

三つのＥＭＵが、白い煙を噴かして移動にかかるのが見えた。

船長は、ふたたび操縦席の多目的ディスプレーを見やった。

「おい、もう一度プレイバックしてくれないか」

後方の観測席に言った。

「今のは、なんだかよく見えなかった。スロー再生にしてくれ」

## ●木星船　本体の上

エヴァリン・ゲイツは、ブリッジ側面のエアロックからふたたび外部へ出て、巨大な船体の上を船尾方向へ向かった。

暗黒を背景に、太陽光を浴びて輝くタンク群の上を、ＥＭＵのセイファー・システムを噴かして移動する。

しかし行けども行けども、目の下はタンクだ。木星船は、全長三三〇メートルの鉄骨のタワーが宇宙を進んでいるようなものだ。トラス構造のタワーの周囲に、直径一五メートルあまりの銀色の球体タンクが八十個、まるで葡萄の房のように取り付いている。

タンクに接触しないように飛ぼうとすると、赤白の縞模様に塗られた本体のトラスから、かなり離れて進むことになる。おまけに、強烈な太陽光を浴びるタンクの陰になって、本体構造の様子はよく見えない。

（さっき船体状況画面で、損傷が表示されたのは――あのあたりか……？）

見当をつけると、宇宙服の脚を振って「えいっ」と一気に身体を縦に回転させた。向きを変えるのに推進剤を消費しない、上級者のテクニックだ。

「――」

世界が回る。見えない鉄棒で逆上がりするようにクルッ、と宙で逆立ちになる（宇宙空間に上下はないので、彼女から見ると世界全体がひっくり返って、脚の下にあった宇宙船が頭上にくる感じだ）。そのままセイファーの噴射を短く使うと、進行方向へ制動がかかり、彼女の前進は止まる。

「――」

目を上げると――頭の上、銀色のタンクとタンクの隙間に本体の鉄骨のようなトラスが見える。このあたりだろうか。巨大なテレビ塔を横倒しにして、その中腹を眺めている感じだ。

（――何かしら……？）

視線で探ると。

タンクの濃い影が落ちているあたり、本体のトラス構造の中に、何かが『見えた』気がした。

「何か、異物がある――トラスの中に、入り込んでいるわ。何かしら」

## ●イーグル26号　操縦室

「おい、これはなんだ？　止めろ」

船長は、スロー再生させている画像を、思わず止めさせた。

画面を覗き込む。

「これは——なんだと思う」

「……さぁ」

隣に浮いて、一緒に画面を覗き込んでいた若い飛行士は、首をかしげた。

「黒い影——ですね。トラスの中に、何か黒い影のようなものが入り込んでいるようにも見えますが……。しかしタンクの陰になっていて、暗くてよくわかりません」

「ううむ」

船長は、画面の濃い影になっている部分を、指し示す。

「もしも、木星軌道を出る時、トラスの中に何か異物が挟まり込んだとすれば——この影の大きさは、どれくらいだ？　タンクと比較すれば、単純に一五メートルくらいか」

「このあたりに、コントロール系のケーブルの損傷箇所もあるのでしょうか」

「多分な」

船長は、マイクを取った。

「エヴァ——ゲイツ少佐、私だ。聞こえるか」

## ●木星船　本体の上

『聞こえるか。撮影画像では、何かトラスの中に挟まり込んでいるように見えるが――』

船長の声に、宙に浮いているエヴァリン・ゲイツも、ヘルメットの中でうなずく。

「私にも、そう見えます。これからあそこへ近づいて、調べます」

『頼む』

無線の向こうで船長がうなずく。

『だが損傷は見つかったとして、直せるか？』

「大丈夫。この船のエンジン管制に使われているのは、光ファイバー・ケーブルだから。もしちぎれていても、手でくっつければ最低限、信号は通るわ」

完璧につなぎ直せなくても、ブリッジからの〈自爆コマンド〉が、メインエンジンへ送られればよいのだ――

頭上に見えている、宇宙船本体のトラス。

太陽光を浴びる銀色のタンクの影が落ち、極端に暗くなっているあたりに、何か別の黒い〈影〉が見える。船体を構成する鉄骨のようなトラス構造は、中が空間になっているから、木星軌道を出発する時、何か大きな異物でも挟み込んだのか――？

（行ってみよう）

エヴァリン・ゲイツは、頭上に見える〈影〉から目を離さないようにして、慎重《しんちょう》にセイファーの噴射ボタンを握った。

だがその時。

ふいに急な横Gが、女性科学者の身体を襲った。

「な」

なんだ――⁉

軸回りに、身体が回転する。ハッとしてセイファーのコントロール・レバーを離すが、遅い。強い横回転に入ってしまった。

「――うっ」

ノズルが片側、詰まったのか……⁉

しまった……！

宇宙が斜めに回転する。

推進剤を節約したつもりが――さっき身体を振って向きを変えた時の遠心力で、減っていた推進剤がタンク内で偏《かたよ》り、片側のノズルへいかなくなったか……⁉　だが気づいた時には遅い。星空が回る。コントロールできない……！　流れる視野の片隅に、翼を広げた銀色の猛禽の姿がちらりと見えた——と思うと。
　がんっ
　突如ヘルメットの後頭部に衝撃を受け、エヴァリン・ゲイツは一瞬で意識を失った。

## ●イーグル26号　カーゴ・ベイ

　白い宇宙船の背中、ぱっくりと開かれたカーゴ・ベイの中。

　船外活動《EVA》作業班の三つのＥＭＵは、推進剤の煙を噴かすと、次々にゆっくりと空間から舞い降りてきた。

　カーゴ・ベイの底では、エアロックの外側扉が開いており、すでに船内の搭乗員の手によってか、光ファイバー・ケーブルの修復に必要な資材と工具が出されている。

『残業手当の時間を、ちゃんとつけておけよ』

　作業班のリーダーが冗談を言いながら、資材を片腕に抱え持った。

　もう一人が、工具を携《たずさ》える。

　うなずき合ったところに、三人目がヘルメットの中で「あ？」という表情をした。

『どうした』

『いやちょっと、セイファーの具合が良くないようだ。さっきから少しずつ、推進剤が漏れているような気がするんだ』

『本当か』

『それは大変だぞ』

二人は、目を見開いた。

これから、長距離のＥＶＡだ。

命綱もなしに、一五〇メートルの距離を往復するとなれば、セイファーの故障は命取りになる。

故障に気づいた風情《ふぜい》の三人目は、片手で「先に行け」とジェスチャーした。

『悪いが、先に行っていてくれないか。いったんユニットを外して、点検したい。推進剤漏れは、下手をすれば帰還不能のトラブルになるからな』

『うむ。慎重を期してくれ』

『先に行っているぞ』

『ああ、すまん』

三人目の飛行士は、手を振った。

先に推進システムを噴かしてカーゴ・ベイを出て行く二人を、見送った。

『なんともなかったら、俺もすぐに行く』

## ●イーグル26号　操縦室

「なんだろうな、これは」

　操縦室では、船長と若い飛行士が画面を覗き込んで、拡大された黒い〈影〉を注視していた。

　画面に拡大させても、形がよくわからない。

　赤外線でも撮影させておけば、良かったか――

「まぁ、間もなく、近づいたゲイツ少佐から報告が入るだろう。EVA班の連中も向かっている」

「ケーブル寸断の原因は、やはりこれでしょうか」

「わからんが――」船長は、息をつく。「どのみちケーブルが復旧すれば、速やかにこの船は爆破してしまうのだ。われわれは、あとはあのUFCを曳航してラグランジュ点の軍用秘密ステーションへ向かう。それで今回のミッションは終了だ」

　そこへ、

『船長』

　また別の乗員が、インターフォンで報告してきた。

『木星船のメイン・コンピュータと、今リンクが開きました。データの転送を開始します』

「結構だ」

　船長は、マイクを取ってうなずく。

「これで木星軌道上の無人水素プラントが、なぜ全滅したのかわかるだろう。船を爆破する前に、転送を終えてくれ」

『了解』

「船長、ところで」

　若い飛行士が、画面から顔を上げて、言った。

「もったいなくは、ないですか」

「なんだね」

「いえ。この木星船」若い飛行士は、画面を指さす。

「宇宙空間で自爆させてしまうのは、あまりにもったいなくはないですか」

「確かにそうだが」

　船長は、操縦席の窓から、じかに木星往還船の長大な姿を見やる。

「あの船と引き換えに、星間文明の核融合炉がわれわれの手に入るのだ。そう思えば、惜《お》しくはない」

「いえ、どうせ爆破するにしても、地球に落としたほうが、金儲《かねもう》けになりますよ」

「――?」

船長は、眉をひそめた。

こんな時に、何を言い始めるのだ……?

「どういうことだ」

「この木星船を、軌道を操作して、わざと西日本帝国の東京へ落とすのです。そうすれば日本の株や債券や先物は、全部暴落します。そこへわれわれが前もって『空売り』を仕掛けておけば、木星船が落ちたと同時に、大儲《おおもう》けだ」

「馬鹿なことを言うな」

船長は一喝《いっかつ》した。

「冗談を言っている暇はない。EVAの連中を回収したら出発だ。君もさっさと持ち場へ――う!?」

なんだ。

船長はのけ反った。

突然、若い飛行士の船内服のポケットから、黒い拳銃《けんじゅう》がスルリと現れたのだ。

「いえ。冗談ではないのですよ、船長」

**●イーグル26号　カーゴ・ベイ**

『――』

推進システムの不調を理由に、仲間二人を先に行かせたEVA班の三人目の飛行士は、しかし、ふたつのEMUが木星船の中央部へ向かい小さくなるのを見届けると、おもむろに推進システム――セイファーを短く噴かし、浮き上がった。自分の背負ったユニットの点検など、するそぶりもない。カーゴ・ベイの上まで浮き上がると、身体の向きを変えた。

『――おみくじクッキー《フォーチュン》より、海老焼売《えびシューマイ》へ』

宇宙服アセンブリの左腕についた表示盤で、無線のチャンネルを切り替えると、三人目の飛行士はどこかを呼んだ。

『海老焼売、聞こえるか』

**●イーグル26号　船内**

「こちら、海老焼売だ」

若い飛行士は、操縦席の船長に黒い自動拳銃を向けたまま、喉に貼り付けた白い円形シール――振動式音声マイクに応えた。目立たないように、そんなものをつけていたらしい。耳にもイヤフォンを突っ込んでいる。携帯式の無線機か。

突然に銃を向けられた船長には、若い飛行士が話す相手の声は、聞こえてこない。あんな小さい無線機で、いったい誰と話しているのか……？

しかし、

「な」

「おっと、動かないでもらおう船長」

若い飛行士は、腰を浮かせようとする船長を、拳銃の銃口で制した。座れ、と促す。

船長は、銃を構える飛行士を睨む。

「なんのつもりだっ⁉」

「なんのつもりもなにも、これからひと儲けさせてもらうんですよ船長――こちら海老焼売、船内の行動準備は完了した。そちらはどうか？」

若い飛行士は船長に銃を向けたまま、イヤフォンの相手と通話する。

「――よし了解した、おみくじクッキー。ではただちに木星船ブリッジへ向かい、予定の軌道プログラムを入力せよ。そうだ、蟷螂夫人の差し込んだ自爆プログラムは、引っこ抜いて解除しろ」

「き、貴様」

船長は目を見開き、腰を浮かせようとする。

「何を――」

だが、

「おっと、動くなと言っているんです船長」若い飛行士は銃口で制する。「私はこれから、十億ドル儲けるところでね。あそこにいる仲間もです」

「何をするつもりだっ」

「何を――って。言ったでしょう、東京へ落とすんですよ。あれを」

若い飛行士は、得意そうに笑って、目で窓の外の木星船を指した。

「幸い、エンジンの制御系は、ＥＶＡ班が直してくれるらしい。助かりますよ、任務が遂行《すいこう》できる」

「貴様っ」

船長は怒鳴った。

「何を馬鹿なことを考えている」

**●木星船　本体**

『おい、あれを見ろ』

一五〇メートルの距離を、船体に沿って進んだEVA班の飛行士二名は。

輝きながら並ぶ銀色の球体タンク群の隙間に、白いEMUがひとつ、浮いているのを発見した。

『EMUだ。誰のだ?』

『蟷螂夫人じゃないか』

『動いていない。様子がおかしいぞ』

片腕に資材や工具を抱えているから、無理な動きはできない。

二名は、慎重な動作で身体を横向きに回転させ、セイファーを短く噴射して、行き脚を止める。

宙に停止しながら、巨大な球体タンクとタンクの隙間を、二人で注意深く覗き込んだ。

『ゲイツ博士。こちら作業班。聞こえますか』

無線で呼ぶが、白いEMUは宙を仰向けになって漂っている。

身動きをせずに浮いている様子は、気を失っているようにも見える。

『ゲイツ博士、聞こえますか?』

応答はない。

何かあったのだろうか。

『蟷螂夫人は、ブリッジから出て、先にここへ来ていたのかな』

「だとしたら、この下あたりが故障箇所か？」

『とにかく行ってみよう』

二名の飛行士は、ふたたび慎重な動作で身体の向きを変えると、セイファーを短く噴かして下降した。


ほとんどくっつくように接している球体タンクの隙間へ下りていくと、まるで地上の大都市の港湾《こうわん》で、ガスタンクの立ち並ぶコンビナートの真っただ中へ、ヘリコプターからロープで下りていくような感じだ。

球体の真横よりも下へ降りると、太陽光は届かなくなり、途端に真っ暗になる。

その中に、白いＥＭＵがひとつ、ぼうっと光るように浮いている。

『おい、来てみろ』

先に下りてきた飛行士が、仰向けになって漂うＥＭＵのヘルメットを、覗き込んだ。

『やはり博士だ』

『本当だ』

続いて下りてきた飛行士も、覗き込んでうなずく。

『ヘルメットの後ろのところが、へこんでいるぞ。塗料がついている。何かの拍子に、横のタンクに頭でもぶつけたかな』
『どうする』
『見たところEMUの気密は、漏れていないようだ。どこかその辺に固定しておいて、修理がすんだら連れて帰ろう』
『了解だ』

二人は、エヴァリン・ゲイツがタンクの横で気を失って浮いていたことを、報告しようとしたが。

なぜかイーグル26号の操縦室が応答をしないので、とりあえず修理作業にかかることにした。

どのみち、EVAの準備をしていたのは船内で三名きりだったから、新たに誰かがEMUで船外へ出てくることはできない。一気圧の船内から宇宙服で外へ出るには、身体を慣らす準備に数時間かかる。自分たちが、修理を終えてから女博士を連れ帰るしかない。

『蟷螂夫人には、下で寝ていていただこう』

二人は、修理用の資材と工具を慎重に抱え直すと、仰向けで漂っているエヴァリン・ゲイツのEMUを二人がかりでひっぱって、さらに下へと降りた。

巨大な船体のトラスまで下降してたどり着くと、まるでガスタンクの基部に入り込んだかのように真っ暗だ。

『何か、ひんやりするな』

『太陽光が、急に届かなくなったからな』

女博士の白いＥＭＵの腰部から固定用フックを引き出して、巨大なトラス構造を支えているワイヤーの一本に引っかけると、二人は作業にかかった。

『制御系のケーブルの断裂は、どのあたりだろう』

『どこかに、ケーブルの表示があるはずだが』

『真っ暗で、見えん』

『ライトを点けよう』

# 7

## ●イーグル26号　船内

「貴様、何を馬鹿なことを考えているっ」

船長は、黒い拳銃を突きつけられながらも、若い飛行士を睨み返した。

わざと、大きい声を出した。

後方のキャビンで、誰か気づいてくれれば——

「今、なんと言った。木星船を西日本の東京へ落とすだと……⁉」

「そうですよ」

だが若い飛行士は、拳銃を手にしながら笑う。

「船長。上のほうでは、ひそかにそういう『馬鹿な』ことを、本気で考えているのですよ——おっと邪魔《じゃま》しないでもらおう」

若い飛行士はしゃべりながら振り返ると、後方から「船長どうしました」と流れてきた観測席の乗員へ銃を向け、引き金《トリガー》をしぼった。

プシュッ
「いったいどうし――ぐっ」

観測員は宙でもんどり打つと、操縦室の天井にぶつかって跳ね返り、動かなくなった。

その光景に、船長は目を剝《む》く。

「き、貴様っ――！」

「おっと。この銃は毒針を発射するんです。言っておきますが蟷螂夫人が使っているような、痺れ薬ではありませんよ。アフリカ象でも一撃必殺だ」

「く――」

「船体に穴を開ける心配もないし、反動もない。私も宇宙で、死にたくはないのでね」

「貴様」

飛行経験の長い船長は、若い飛行士を睨みつけた。

こいつは、正規の養成課程を卒業してきた、軍の飛行士のはずだが――

誰かの命令で動いているのか……？

「貴様、今、任務と言ったな。どこの命令で動いている」

「いや。私は主民党員でしてね」

「何」

「船長は自由党でしょう。この船のほかの大部分の乗員もだ。だから仲間には入れなかった。一枚かめば、大儲けなんですがね」

「――」

船長は絶句する。

主民党……？


米国では、国民のほとんどすべての人が、二大政党の自由党か主民党の支持者にはっきりと分かれている。

米国の社会では、宗教の宗派に所属していない人がいないのと同じに、自由党か主民党に所属、あるいは支持者になっていない者はいない。そして当然、その時に政権を取っているほうの政党の党員や支持者が、政府内では要職のポストにつく。

それは軍の内部でも同じだ。


「われわれ主民党は、ここしばらく冷や飯を食ってきましたが、ようやく『政権交代』のチャンスが訪れたということですよ」

「なんだと」

「このところ主民党は負け続けていた。なぜか。それは、あなたがた自由党が財界と組んで潤沢《じゅんたく》な資金を得ていたのに、われわれは労働者中心の政党で、金がなかったからだ」

「何」

「いいですか船長。『今回の木星船軌道変更ミッションはうまくいかなかった。木星船は地球の周回軌道へ乗れず、あやまって西日本帝国の首都へ落下した』――そのような筋書きになるのです。その瞬間に西日本の株、債券、先物を空売りしていた人々が大儲けをする。つまりわれわれ主民党が、莫大《ばくだい》な利益を得る」

「馬鹿な。狂っている」

「実は私も『空売り』を仕掛けているんですよ」若い飛行士は、銃を構えながら含み笑いした。「一億ドル、中国に借りてね」

「……中国⁉」

## ●究極戦機

「――う」

水無月忍は、ヘルメットのフェース・プレートの下で、目をしばたたいた。

眼球くらいしか、動かすことができない。

いったい、何が起きたのだろう。
エヴァリン・ゲイツに、痺れ薬を舐めさせられ——
あの女博士は、自分を動けなくして、コマンドモジュールを出ていってしまった。
出ていく時なんと言った——?
このマシンは、いただくわ……?
「く」
薬は強くはない、と言っていた。
確かに女博士の言うとおりに、意識はなくなっていない。
だが、身体が動かせない。
指先くらいは、動かせるだろうか——?
その時、

——危険

何かに、耳元で囁かれたような気がした。
なんだろう。
ハッチを開いたせいで、全周モニターの機能が停止していた。頭上の楕円形《だえんけい》の開口部からしか、外は見えない。

忍の視界にかぶさるように、白い大型シャトルのような宇宙船の背が見えている。

カーゴ・ベイが全開している。

あのアメリカの宇宙船――

何を、するつもりなのだ。

――危険

（――くっ）

なんとかして、手が動かせれば……。

## ●イーグル26号　船内

「このアイディアを最初に持ちかけてきたのは、実は中国でしてね」

銃を突きつけながら、若い飛行士は得意そうに笑う。

「中国のある諜報《ちょうほう》機関が、帰還してくる木星船を東京に落として西日本を壊滅させ、金融商品の『空売り』で大儲けするという絵を描いてよこした。それに現在、野党になっているわれわれ主民党の議員、党員が乗ったのです。元手はなかったが、中国が『空売り』に使う莫大な資金を貸してくれるというし、これで生意気《なまいき》な西日本帝国を滅亡させ、中国との結びつきが強まり、多額の資金を稼げれば、次の大統領選では必ず政権交代をして、われわれ主民党の手によって本当に平等な、理想のアメリカと世界がつくれる。中国共産党と主民党政権のアメリカが手を取り合い、地球を支配し、理想の世界を築くのですよ。おお、なんとすばらしい」

「な——」

「木星船は軌道変更に失敗し、うまく東京へぶち当たる軌道で地表へ——今、私の仲間が、ブリッジへ向かって軌道調整プログラムを転送するところです。自爆なんてもったいない、させませんよ」

「UFCはどうするつもりだった」

「心配いりませんよ。私が責任持って、この船で曳航していきます。中国の軍用ステーションへね」

「何っ」

## ●木星船　本体

『制御系ケーブルの表示があったぞ』

船体のトラスの鉄骨（実際は特殊合金）を、ヘルメットについた作業ライトで照らしながら、片方の飛行士が声を上げた。

ライトの光に〈CAUTION　CONTROL　CABLE　INSIDE〉という赤い文字が浮かび上がる。

この鉄骨の裏にケーブルが通っているから、作業者は気をつけろ、という注意書きのペイントだ。

だが表示の描かれた〈鉄骨〉は、そのすぐ先で飴のようにねじ曲がり、途切れてしまっている。

『ここだ。トラスの桁《けた》が何本か、丸ごとなくなっているぞ。まるででかい何かが通り抜けたみたいだ』

『ケーブルの切れ端は、どこかにあるか』

『待て。捜そう』

ふたつのＥＭＵは、巨大な球体タンクの底になっている真っ暗な空間で、作業ライトを点けながら船体のトラス構造をたどるように移動して点検をした。

ちぎれたままで漂っているケーブルは、すぐに見つかった。宇宙空間に剝き出しで配線をするので、まるで大蛇《だいじゃ》のように黒い分厚い絶縁体で覆われている。

『あったぞ。ここに、ちぎれたままで浮いてる』

『おい』

その時。

もう一人の飛行士が、作業ライトに浮き上がったものに声を上げた。

『今、何か見えたぞ。なんだ』

『え？』

『トラスの中だ。何か青緑色の――』

だが無線の声は、唐突に途切れた。

『どうした？』

黒く太いケーブルを、宇宙服アセンブリのグローブで摑み取ろうとしていた飛行士は、同僚の声が途切れると同時に悲鳴のような呼吸が聞こえた気がしたので、ヘルメットの頭を回した。

なんだ……!?

作業ライトに、青緑色の反射が閃《ひらめ》いた――と思うと。

次の瞬間、巨大な黒い影が目の前を覆った。

『——な、なん——ぐ』

## ●イーグル26号　船内

「き、貴様」

船長は目を剝いた。

「中国に〈究極戦機〉を渡したりしたら、どうなるか。わかっているのかっ」

「しょうがないですよ」

若い飛行士は、肩をすくめた。

「UFCを、極秘建造中の中国の軍用ステーションへひっぱっていくことが、私に一億ドル貸してくれる条件だったのでね」

「きさ——」

船長が「貴様」と怒鳴りつけようとした時。

『——ぐぎゃぁっ』

突然、作業無線をモニターしている天井スピーカーに、絶叫が響いた。

EVA班の飛行士の声だ。

「——!?」

「⁉」

狭い操縦席で対峙していた船長と若い飛行士は、思わず二人とも、天井のスピーカーを見る。

何が起きたのか。

だがこの一瞬の隙を、船長は見逃さなかった。

唸《うな》りをあげ、シートを蹴《け》って、宙に浮く若い飛行士に飛びかかった。

「この反逆者《はんぎゃくしゃ》め！」

「うわっ、よせ」

## ●木星船　本体

（……？）

エヴァリン・ゲイツは、異様な振動を体に感じて、目を覚ました。

「う」

自分は、どうなった――

そうか。

ＥＭＵが回転して、コントロールできなくなって――ヘルメットに衝撃を受け、気を失った。多分、球体タンクの側面に頭からぶつかったのだ……。

ジュルッ
何か、異様な振動が身体に伝わってきた。

目を見開く。

なんだ……。

目を動かす。

身体は、宙に浮いている。

なぜか、固定フックからワイヤーを伸ばして、自分はどこかにつながれている。本体構造のどこかにつながれているようだ。

そうか、ＥＶＡ作業班が追いついてきて――

ジュルルッ
異様な振動が、思考を中断させる。

宇宙空間では音は伝わらないが、身体を本体構造につないでいるワイヤーを通して、異様な〈音〉が伝わってくるのだ。

（なんだろう）

あちこちが痛む身体を、宇宙服アセンブリの中で動かし、目を上げて〈音〉のした方向を見やると。

ジュルッ

「……！」

ヘルメットの中で、息を呑んだ。

頭上に、黒光りする湾曲《わんきょく》した巨大なノズル――ノズル状の物体があって、それが灰色のＥＭＵを――作業班の飛行士らしい身体を丸ごと吸い込んで呑み込んだのだ。

な――

ゴクンッ

（なんだ……⁉）

目を見開くと。

湾曲し、先の尖った巨大なノズルは、次の瞬間、ぺっと何か吐き出した。

それが推進システムのついた生命維持ユニットであることは、クルクル回転して吹っ飛んでいくシルエットで、かろうじて判別できた。

なんだ⁉

これは、いったいなんだ――

ずぞぞっ

何か巨大なものが、宇宙船本体のトラスの上を、多数の毛の生えた脚で動く。

それがワイヤーを伝わる振動で、エヴァリン・ゲイツには感じ取れた。
仰向けに浮いている自分の上を、移動していく。
巨大な黒いもの。
ブルンブルンと波打つ腹部。
そのシルエットの頭部で、何かが青緑色に光る。
ずぞっ
ずぞっ
屈曲したクレーンのような脚が動く。
これはなんだ。
昆虫……？
（……蠅《はえ》⁉）
女博士が一瞬、連想したのは『蠅』だった。
どうして、ここにこんな……。
だが自分の目に映っているものは、現実だ。
蠅に似た形状の生き物——ただし、屈曲した脚を持つ胴体は、潜水艦《せんすいかん》のように大きい。
青緑色に光って見えたのは、無数の複眼が集まった巨大なふたつの眼だった。毛の生えた黒い頭部。たった今、飛行士を吸い込んだ、湾曲したノズルのような口吻《こうふん》。

そして黒い球体をつなげたような胴体の背に、透明な翅《はね》を二枚、畳んで背負っている。あれは熱放出に使うのか、あるいは恒星の放射熱を吸い取る役目をするのか——

(——)

動くな、とエヴァリン・ゲイツの中で科学者の勘が言った。

自分を固定フックでここに留めた作業班の飛行士たちは、あの『蝿』に呑み込まれて——喰われてしまったのだろうか。

ジュルッ、という〈音〉は、一度ではなかった。

しかし宇宙空間では、音もにおいも伝わらないから。

身動きしなければ、あの複眼に〈獲物〉として捉えられることはないはずだ……。

ずぞっ
屈曲した毛だらけの脚が、動きを止める。

『蝿』の頭部が動き、青緑の複眼が、サーチライトのようにあたりをねめ回す。

「……」

女博士は、呼吸を止めて身を固くする。

何か、探している……?

## ●イーグル26号　船内

がつんっ
シートを蹴った船長の体当たりで、宙で支点のなかった若い飛行士の身体は運動量をもろにもらって吹っ飛び、操縦室後方の隔壁にぶち当たった。

「あうっ」

「反逆者めっ」

船長は飛びかかり、若い飛行士の右手から黒い拳銃をもぎ取ると、その銃把《グリップ》で逆に殴《なぐ》りつけた。

がんっ
「ぐわっ」

若い飛行士はのけ反ったが、船長も殴った反動で後ろ向きに離れてしまう。第二撃を、加えることができない。

だが危ない凶器は、取り上げた。

「――EVA作業班っ」

船長は、宙に浮いていたマイクを後ろ手に掴むと、外の船外活動作業班の飛行士を呼んだ。

叫んだ。

「作業班、聞こえるかっ。ただちにケーブルをつなぐのだ。自爆コマンドをメインエンジンにインプットしてしまえ！」

## ●木星船　本体

ずぞぞ
頭上で、毛の生えたクレーンのような脚が、胴体の向きを変えさせる。

「……」

それをエヴァリン・ゲイツは息を呑んで見つめていた。

いったん自分の真上を通り過ぎた『蠅』の頭部が、何かに気づいたようにこちらを振り向こうとしている……。

見つかったのか。

いったい、頭の上のこれは、なんなのか。生き物なのか。

作業班の飛行士たちは、宇宙服アセンブリごと、喰われてしまったのか。しまった――

エヴァリン・ゲイツは、ヘルメットの中で、宙に浮く自分の身体を見やる。

宇宙服に包まれていても、自分の身体からは微弱な赤外線が放出されている。体温まで、完全に隠すことはできない。

頭上の『蠅』のような化け物が、体温を『見る』ことができるとしたら――

「……ひっ」

ずぞっ

巨大な青緑の複眼と頭部が、すぐ真上からこちらを見下ろしてきた。

アンテナのように、眼の上でいくつかの触角《しょっかく》が回転している。

あのノズルのような口吻は――あれは収納式なのか？

（喰われる）

目をつぶった。

だがその時。

『作業班、聞こえるかっ』

ヘルメットの無線に、船長の声が入った。

『ただちにケーブルをつなぐのだ。自爆コマンドをメインエンジンにインプットしてしまえ！　――うわっ』

イーグルの操縦室からだ。なぜか息せききった怒鳴り声で、それも唐突に途切れてしまう。

なんだ……⁉

船内でも、何か起きているのか。

エヴァリン・ゲイツが目を見開くと同時に、偶然か、『蠅』の頭部も何かに気づいたように上を向いた。

その複眼の上で、小さな触角がいくつも、盛んに回転している。

ブンッ
（――⁉）

羽音《はおと》のような、歯の浮くような強烈な振動が伝わってくると。

次の瞬間、巨大な黒い『蠅』はトラス構造を蹴り、球体タンクの隙間を上昇していった。

**●イーグル26号**

操縦室では、後方の隔壁《かくへき》を蹴って飛びかかってきた若い飛行士が船長に摑みかかり、ふたたび格闘となっていた。

しかし無重量状態での格闘は、殴ったり蹴ったりすれば、自分も反作用で反対向きに吹っ飛んでしまう。絞め技を使おうとしても、力の支点がないと、二人絡まったたままでただ回転するだけだ。

「くそっ」

「この野郎っ」

なかなか勝負がつかない。

それでも、今度は船長を後方へ蹴り飛ばした若い飛行士が、操縦席の窓に背を押しつけるようにして奪い返した拳銃を構えた。

「はぁ、はぁ。面倒をかけさせやがって」

操縦室の後方隔壁に蹴り飛ばし、叩きつけられる船長を目がけ、毒針の拳銃を発射しようとした。

「し、死ね」

だがその時。

バリッ
突如、飛行機のコクピットに似た操縦席の窓が破裂するように割れると、何か巨大な黒いノズルのようなものが現れ、若い飛行士を丸ごと吸い込んでしまった。

ジュルッ
同時に、
ブオッ

船内の空気が、割られた操縦席の窓の破口に猛烈な勢いで吸い寄せられた。

「――う、うわっ」

船長は、とっさに手近の壁のハンドルに摑まるが、次の瞬間には黒光りする巨大なノズルは、外に引き抜かれる。

途端に、

ズゴォッ

すさまじい空気の奔流が起こり、イーグル26号の船内にある固定されていない物体をすべて、操縦室の破口から外の空間へ押し出した。

8

●〈究極戦機〉　コマンドモジュール

「——⁉」

なんだ……⁉

コマンドモジュールの操縦席に仰向けに近い姿勢で寝そべった忍は、頭上のハッチ開口部に突然、展開した光景に目を見開いた。

頭上に浮かんでいる、白い有翼《ゆうよく》の宇宙船——スペースシャトルをずっと大型にしたようなアメリカ宇宙船の船首部分に、突如、巨大な黒い影が覆いかぶさった。

その黒い何ものかには、頭と胴体と脚があり、まるで昆虫が花の蜜でも吸うかのように、宇宙船の船首にその頭部の口吻らしきものを突っ込んだ。

（——なんだ、あれは）

ぱっ
宇宙船の船首の窓の部分が弾け散り、内部から爆発的に空気や物体が吸い出される様子が、音のない映像のように忍の目に映った。

(……は)

蠅……?

水無月忍が連想したのも、『蠅』だった。

黒い、宇宙空間を翔ぶ巨大な『蠅』……⁉

(――)

忍は、目を見開くしかない。

何が起きているのか。


『蠅』の体長はアメリカ船の半分ほどか――? しかし黒く丸い球体をつなげたような胴体の量感は、小型の潜水艦ほどだ。それが宇宙空間に浮いて――いや翔んでいる。真っ黒い全身は剛毛に覆われ、六本の屈曲した脚を持ち、背部では透明な翅《はね》が脈打つように振動して、まるで巨体の空間での位置を調整しているかのようだ(いったいどういう原理で宇宙を翔んでいるのか)。

(まさか――)

忍は息を呑んだ。

翅を振動させ、白い宇宙船の船首の先に滞空する『蠅』は、穴の開いた船体から吸い出される乗組員《クルー》らしき影を次々に頭部の口吻らしきもので器用に捕らえ、吸い込み始めた。

吸い込むたびに、その黒い腹部がブルンブルンと震える様子が、忍の座る位置から見て取れた。

あれは……

（――）

人を喰う怪物。

数カ月前、新潟で倒した巨大な怪物――ガーゴイルの姿が脳裏《のうり》をかすめる。

（――宇宙航行生命体……）

あのガーゴイルのような、宇宙怪獣の一種なのか。

いったい、どこからやってきたのだ……⁉

「くっ」

忍は、痺れた腕を宇宙服アセンブリの中で動かそうと試みた。

自分の機体は――〈究極戦機〉は、ハッチを開いたままだ。

ブン、という羽音が聞こえるような気がした。

頭上の視界で巨大な黒い『蠅』は翅を振動させ、びっくりするような身軽さで、空間上の位置を変えた。パッ、と瞬間移動のような素早さで船体中央部へ移動すると、全開したカーゴ・ベイの中のエアロックのあたりへ頭部を突っ込み、また口吻で船体構造をつついた。

まるで昆虫が、木の幹のあちこちをつつき、蜜を吸い出そうとしているかのような行動だ。

ぱっ

また空気の爆発のようなものが空間へ散り、内部から吸い出される乗組員らしき影――船内服の人影がいくつか、もがきながら外部空間へ放り出されてくると、たちまち湾曲したノズルのような口吻に捕らえられ、吸い込まれてしまう。

（人を――喰ってる……！）

## ●木星船　船体中央部

「う」

エヴァリン・ゲイツは、顔をしかめながらワイヤーをたぐり寄せ、EMUに包まれた身体を起こし、トラスの鉄骨の上に立った。身体のあちこちが痛む。重水素の巨大な球形タンクにぶつけたのは、頭だけではなかったらしい。宇宙服の中は全身打撲に近い状態だ。

「――」

頭の上――球体タンクの隙間を見上げる。星空が細く見える。視線を下げて周囲を見回すと、タンク群の基部の空間は真っ暗だ。

あの怪物は……。

はぁ、はぁとまだ呼吸が上がっている。

あの怪物は、どこかへ行ってしまったのか。

別の〈獲物〉でも見つけたのか――

「コマンダー、こちら蟷螂」

女博士は、無線でイーグル26号の操縦室を呼んだ。

あれは、いったいなんだったのだ……。

どこからこの船に紛《まぎ》れ込んできた？　木星軌道からか――？　プラントの全滅と、何か関係があるのだろうか……。

「コマンダー、応答して。大変なことになったわ」

ザッ

無線には、ノイズが走るだけだ。

ザザッ、ザッ

妙な、脈動のようなノイズだ――

本船は応答しない。

（――仕方ないわ）

時間はない。

考えている暇はない。

女博士は、自分の足元の暗闇を見渡した。ほとんど何も見えないが――タンク群の下に、全長三〇〇メートルにも及ぶトラス構造が延びているはずだ。木星船の本体だ。どこかに、切断された制御系ケーブルの切れ端が浮いているはずだ……。

「イーグル操縦室。誰か聞いていたら、応答して」

エヴァリン・ゲイツは無線に言った。

この際、一方送信でも構わない。

「こちら蟷螂。大変なことになった。ＥＶＡ班は喰われてしまったわ。詳しくは戻ってから報告する。とにかくこの船を、自爆させなくてはならないわ」

本船は応答しないが、構わず続けた。

「私はこれから制御系のケーブルを探して、接続する。さっきブリッジで〈自爆コマンド〉はインプットしておいたから、手でケーブルの切り口をくっつけただけで、メインエンジンは自爆シークエンスのカウントダウンに入る。すぐに戻るから、発進の用意をして待っていて」

それだけ一方的に無線に告げると、女博士は右手でヘルメットの作業ライトを点灯した。

ケーブルの切れ端を、見つけなくては。

「あれか」

ライトで周囲を探ると、〈CAUTION CONTROL CABLE INSIDE〉というペイントはすぐ見つかった。

黒い蛇のような、太い絶縁体のケーブルも宙に浮いて漂っている。

先ほどEVA作業班の一人が、見つけて持ち上げたまま、その位置で浮いているのだった。

「もう片方は、どこかしら」

女博士はケーブルの切れ端を右腕に抱え、引きずるようにして、トラスの上を船尾方向――メインエンジンのある方向へゆっくりと進んだ。

ケーブルは光ファイバーだから、もう片方の切れ端を見つけて、手で数秒間だけでもくっつけていい、いや、くっつけてやれば――それでブリッジからの信号は、メインエンジンに届くはずだ……。

（――あった）

もう片方の切れ端は、頭《こうべ》を垂れるようにして、トラスの内側に入り込んで引っかかっていた。

あれに、くっつけるには――

少し面倒だ。巨大な三角形の断面を持つトラス構造の内側へ、切れ端を拾い上げに下りていかなくてはならない。

(仕方ない、時間がないわ)

すぐ下りて、引き上げよう。

白いＥＭＵに身を包んだ女博士は、右腕に抱えた片方のケーブルの切れ端をその場に浮かせると、両腕をフリーにして、トラスの鉄骨を梯子《はしご》のように下り始めた。三角形の構造の内側へ――

「はぁ、はぁ」

五メートルほど内側へ『下る』と、もう一方のケーブルの切れ端に、手が届いた。

摑んで、引き上げようとすると――

「くっ、何かに、引っかかっているのか」

ケーブルを摑んで引くと、抵抗がある。

なんだろう。

(くっ、時間が――)

構わずに、思いきり引くと。

ズッ
「うっ」

自分の足が滑った。

ケーブルを引き寄せようとした力の反作用で、エヴァリン・ゲイツはEMUごとトラス構造の内側へ『滑り落ちた』。

今度は何度か、腹を打った。あわてて鉄骨の桁《けた》に摑まり、内側への運動を止めると、三角形の断面を持つ船体のトラスの真ん中あたりまで入り込んでしまった。

「――はぁ、はぁ」

桁に摑まり、ヘルメットの顔を上げる。

作業ライトの光軸《こうじく》が、上を向く。

（……？）

何かごつごつした、丸みのある物体が、ライトの光に浮かび上がった。

なんだ。

ケーブルが引っかかっていた障害物か……？

トラス構造の内側に、たくさんくっついているようだ。それは、大きさは一人乗りの船外作業ポッドくらい。ライトで照らすと、生白い球体だ。金属ではない。

「――」

なんだろう。

エヴァリン・ゲイツは目を見開き、ヘルメットの頭を回した。

ライトが、トラス構造の内側を照らしていく。左方向。右方向――

彼女の背丈くらいの直径の生白い球体は、無数に――三角形の断面を持つ船体本体の内側空間を埋め尽くすかのように鉄骨の桁に張り付き、びっしりと並んでいた。

「――!」

振り向いて、あらゆる方向を照らしてみる。

どこも、そこも全部そうだ。生白い球体が、目の届く限りトラス構造の内側を埋め尽くしている。

ライトの光に、それらの表面がぬめぬめと光る。水分――?　いや、宇宙空間の温度でも凍《こお》らない、液体金属のようなものが表面を覆っているのか。

「――なんだ、これは……」

ぶるん
自分の身体のすぐ横で、ひとつの球体が身震いするように動いた。

ぶるるんっ
「!」

　女博士は息を呑んだ。

　球体と思っていたものが、急に変形して震えるように膨脹《ぼうちょう》し、前後に長くなる。あっという間に、生白い蛆《うじ》のようなフォルムに変態した。体長およそ三メートルあまり、動物園のシロクマより大きい。

「な、なんだこれは……!?」

　エヴァリン・ゲイツは知らなかったが。

　それは蠅王《ベルゼブブ》の幼虫が宇宙空間を渡る際、体内のエネルギーを節約するため団子虫《だんごむし》のように体軀《たいく》を丸め――球体に近い〈防護形態〉に自らを丸めていた姿であった。体表に、宇宙空間でも凍らない特殊な液体を分泌《ぶんぴつ》し、その姿勢のまま地球の尺度で数万年も仮眠《かみん》し続けることができる。

　女博士は、地球人類で初めて、その姿を間近で目にしたのだった。

　そして喰われかけた。

　クワッ
　生白い蛆のような生物――生物なのだろう、これは――は眼も持たず、ただ頭部とおぼしき先端部で円形の口のようなものをいきなり開いた。

　そのまま、真上からエヴァリン・ゲイツを呑み込もうとした。

宇宙を渡るベルゼブブにとって、蛋白質《たんぱくしつ》で構成されるあらゆる有機体《ゆうきたい》が、数万年待ちかねたごちそうであった。目の前の動くものが〈喰い物〉であることは本能でわかるのだった。

だが、そのような事情も、彼らの『種族』の正体も、宇宙服に身を包んだ地球人類の科学者（女性）にはまだわかるわけもない。

「きゃあっ」

蟷螂夫人と呼ばれていたエヴァリン・ゲイツも、さすがに悲鳴を上げ、とっさに自分のＥＭＵの推進装置のハンドルを握った。

推進剤は今度は均等に噴射して、女博士の身体を鉄骨の桁に激しくこすりつけながら前進させた。

ずがががっ

いくつかの球体に体当たりし、宙に飛び上がり、上昇した。

（――いけない、ケーブル）

エヴァリン・ゲイツはケーブルの切れ端の存在に気づくと、トラス構造の内側の宙で離れ業《わざ》のようなバック転を打ち、鉄骨の桁に絡まって留まっている黒いケーブルを逆立ちのようにして摑み取った。

そのまま離さず両手で抱きかかえ、回転しながらトラスの外側へ――重水素タンクの底の空間まで跳び戻った。

どささっ
身体を鉄骨にわざと打ちつけて、止めた。

「はぁっ、はぁっ」

宇宙服アセンブリが、どこも破れていないのは不思議だ。いや、どこか破れかかっているかもしれない。急がなくては……。

うぞうぞ
嫌な気配が、脚の下から迫ってくる。

うぞうぞ
うぞうぞうぞうぞ
何か重たいものが動きだす振動が、鉄骨を伝わってくる。

足元の、そこら中からだ――

無数の球体が、休眠を解き〈蛆虫《うじむし》〉に変態して、起き抜けの馳走《ちそう》に自分を喰らおうと、這《は》い上がってくるのか……？

（ぞっとしない）

この木星船は、自爆させなければ。

このままで地球大気圏に突入させたら――あのばかでかい黒い『蠅』や蛆虫や、こいつらが全部、燃え尽きてくれるという保証はない。宇宙空間で爆破処分したほうがいい。

「はぁっ、はぁっ」

這うようにして鉄骨の上を進んだ。

さっき見つけておいた、もう片方の切れ端は？

肩で息をしながら、見回す。

ヘルメットにつけた作業ライトの光軸が、激しくぶれながらあたりを照らす。

あった――

五メートルほど向こうに、浮いている。

「はぁっ、はぁっ、はっ」

呼吸しながら、下から回収したケーブルを引きずって、トラス構造の鉄骨の上を進んだ。

左手を伸ばし、もう片方の切れ端を摑もうとした。ケーブルの両端を、手でくっつけてやれば――

だが、

「――⁉」

ずぞっ
すぐ頭上でした気配に、女博士は思わず手を止め、振り仰いだ。

作業ライトが上を向く。青緑色の巨大な複眼と、まともに目が合った。すぐ目の前で、自分を見下ろしていた。

（……！）

エヴァリン・ゲイツは呼吸を止め、宙に浮いているケーブルの切れ端を、左手で摑み取った。右腕に抱えているもう一方の切れ端と、両手を使ってくっつけようとする。

そうか。

（……〈成虫〉は、一匹だけじゃなかったってこと──種の大移動でもするつもりかしらっ）

頭上で、収納式らしい湾曲した口吻が、宇宙空間でも凍らない粘液を滴《したた》らせて現れる。

「くっ」

蟷螂夫人と呼ばれた女性科学者は、歯を食いしばって光ファイバーのケーブルを両腕でくっつけた。

「──他人《ひと》の宇宙船に、ただ乗りしててっ」

がしっ

同時に巨大なノズルが、ぬめぬめと光りながら展張し、女性科学者の白いＥＭＵを頭から吸い込んでしまった。

ジュルッ

## ●木星船　ブリッジ

「これでよし」

推進システムの点検を口実《こうじつ》に、ＥＶＡ作業班のほかの二名を船体中央部へ行かせ、ひそかに木星船のブリッジへ入り込んだ作業班飛行士は、息を吹き返したメインエンジン制御システムの画面を見て、うなずいた。

たった今、ゲイツ博士の差し込んでいたＵＳＢメモリを引き抜いて、代わりに『西日本帝国の東京へ船を落下させる軌道プログラム』をロードしたところだった。

ピッ

〈ＰＲＯＧＲＡＭ　ＡＣＴＩＶＡＴＥＤ〉

ロードし終ったところに、途絶していたブリッジとメインエンジンとの間の制御系回線が一瞬だけ回復して、軌道プログラムに基《もと》づいた点火コマンドが無事にエンジンへ送られた。

〈MAIN　ENGINE　IGNITION〉
〈SEQUENCE　START〉
〈100〉
〈099〉
〈098〉

エンジン点火のカウントダウンが、始まった。

「EVA作業班、きっちり仕事をしてくれたな。礼を言うぜ」

飛行士はつぶやくと、周波数を変えてある自分のEMUの無線に言った。

「こちらおみくじクッキー、作業は成功した」

ザッ

カウントダウンの数字は、どんどん減る。早く木星船から離れ、イーグル26号へ戻って発進しなくては――

「海老焼売、聞こえるか。これからそちらへ戻る。本船の発進準備をしてくれ」

ザザッ

応答はないが――おみくじクッキーというコールサインを使う飛行士は、ブリッジを撤収《てっしゅう》することにした。さっさと逃げないと、木星船とともに地球大気圏に突っ込んでしまう。この宇宙船は巨大だから、船体中心部分までは燃え尽きずに、地表へ落下するだろう。

あいつ、イーグル号のほかの搭乗員の始末はしてくれたんだろうな――

中国が、金融商品の『空売り』の元手を自分たちに一億ドルも貸してくれたのは、木星船を東京へ落下させるだけでなく、〈究極戦機〉をぶんどって中国の軍用ステーションまでひっぱっていくことが条件に入っている。

「おい、これから戻るぞ」

送信しながら、飛行士はヘルメットをかぶり直すと、木星船のブリッジからエアロックへ急いだ。

通廊を走り、エアロックへ入った。

内側の気密ハッチを閉じ、時間がないので緊急モードで減圧をさせ、外側ハッチを開放した。

ばくん

空気が少し残っていたので、音が伝わってきた。勢いよく円形ハッチが外側へ開く。外側空間へ噴き出す空気の勢いに乗って、飛行士は両腕を身体につけ、エアロックの床を蹴るようにしてハッチを出た。

だが、その途端、

「――うっ⁉」

すぐ正面に浮いていた巨大な青緑色の複眼にぶち当たり、灰色のＥＭＵの飛行士は跳ね返った。

な、なんだこれは――⁉

ブン
弾力のある気味の悪い複眼に跳ね返され、飛行士は後ろ向きに吹っ飛んで木星船の有人モジュールの外壁に背中からぶつかった。

がんっ
「うぐ」

ぶつかって、また跳ね返る。

行く手を塞いでいた巨大な何ものか――青緑色の複眼（彼にもそうとしか見えなかった）へ向かって、反動で流されていく。

「――こ、これはなんだ、これ――」

あまりの驚きに、推進システムを使うのも忘れた。輝く巨大な複眼の上で、小さなアンテナのような触角が多数、クルクル回っている――それが飛行士の目にした最後の物体だった。

「うわぁっ」

バクッ
ジュルルッ

●〈究極戦機〉

(――!)

あれは――

アメリカの宇宙船から搭乗員を残らず吸い出して喰ってしまった『蝿』が、何かに気づいたかのように今度は木星船の有人制御モジュールへ向かい、エアロックから出てきた飛行士を口吻と下顎《したあご》の突起《とっき》でくわえ込んで呑み込んでしまう様子を、忍は息を詰めて見た。

あの怪物は――いったいなんだ……⁉

わたしには、『蝿』にしか見えない。

アメリカの飛行士たちは、みんな喰われてしまったの……?

「……」

ブンッ、という羽音を、忍は『聞いた』ような気がした。

黒い『蝿』は透明な翅を振動させ、木星船有人モジュールをねめ回すようにすると、また瞬間移動のような素早さでパッ、とアメリカ船の船首部分へ戻り、破口から内部を覗き込むような仕草を見せた。その頭部で、ノズルのような口吻と下顎の二本の突起がもぞもぞ動いている。

『咀嚼《そしゃく》』しているのだろうか。

まるで、もぐもぐと口を動かしながら『まだ食べられる部分が残っていないか』と、人間が蟹《かに》の脚の殻《から》を覗き込むような感じだ。

「……くっ」

忍は、宇宙服アセンブリのグローブの中で、なんとか指を動かそうともがいた。右手が動いてくれて――指が使えれば、右パネルのスイッチでエントリー・ハッチを閉められる。

このままハッチが開きっぱなしで、身体が痺れて動かない状態だったら……。

冗談じゃない。

あの女博士は、薬は強くない、と言った。歯医者の麻酔程度だと。三十分もすれば動けるようになる……？　あれから、どのくらいたった？

顔をしかめて、腕の神経に気持ちを集中させていると、少しだけ感覚が戻ってきた。

いいぞ。

腕を、動かすんだ。右のパネルの紅いスイッチ。〈ＥＮＴＲＹ　ＨＡＴＣＨ〉と表示されたスイッチを押すんだ……。

宇宙服アセンブリに包まれた腕が、操縦席の肘掛けから少し浮いた。

(――よし)

だがその時。

ピピッ
指を伸ばそうとした右側のパネルで〈DATA　LINK〉のランプが赤から緑に替わった。

同時にヘルメットのイヤフォンに、声が響いた。

『水無月候補生、水無月候補生、聞こえますかっ』

若い男の声が、ヘルメットの中に大音量でがんがん響いた。

『こちらは〈大和〉、UFCコントロール。聞こえたら応答してくださいっ』

# 第Ⅲ章　里緒菜、飛びなさい

# 1

## ●宇宙空間　〈究極戦機〉

『水無月候補生、〈究極戦機〉応答してください。こちらは〈大和〉UFCコントロール。井出少尉ですっ』

〈DATA　LINK〉の表示灯が赤から緑に替わったのは、〈究極戦機〉と現在の母艦《ぼかん》である戦艦〈大和〉との間で、双方向データ通信が回復したしるしだ。

通信は、電波もしくはレーザーを介して行われるが。レーザーは母艦からこちらをピンポイントで狙えなければ伝わらない。井出少尉の声は、たぶん静止衛星を経由した電波だろう。

こちらからも自動的に、現在位置を知らせる応答波が発信されたはずだ――

「――く」

だが忍は、口を動かそうとして愕然《がくぜん》とする。

口が――痺れて動かせない。

声が……！

『水無月候補生、そちらの位置情報が返ってきました。地球から直線距離で二〇万キロです。無事ですかっ？　木星船は、どうなりましたか』

井出少尉の声は、ヘルメットに響くが――

返答が、できない。

〈究極戦機〉の人工知性体から、空間上の位置データは自動的に送られているようだが……。

いや。

今は、目の前のハッチを閉めることだ。

どのみち〈大和〉と連絡が取れたところで、二〇万キロも離れていては、助けてもらえない。

「――」

忍は、右腕に集中した。

動け、腕……。

エヴァリン・ゲイツに盛られた痺れ薬は、本人の言葉によると『効力三十分』という。

あれからまだ――

（――！）

経過した時間の長さを計ろうと、視線を上げた時。

ハッチの開口部の向こうに見えていた黒い『蝿』――なんと呼ぶべきかわからない未知の怪物が、何かに気づいたかのように宙でこちらをグルリと向いた。

間合い五〇メートル。思わず、忍は青緑色の複眼と『目が合って』しまった。

来る……⁉

その青緑に輝く複眼の上に長い二本の角が突き出し、角の根本で多数の短い触角がクルクル回転しているのが一瞬、はっきりと見えた。

「くっ」

忍は渾身《こんしん》の力で右腕を持ち上げ、伸ばした。右パネルの赤いスイッチを――

ブンッ

羽音が『聞こえた』。

――閉めろ

巨大な複眼《ふくがん》と角、こちらへ突き出される口吻が瞬時に大きくなり、目の前に――

「きゃあっ」

　――ハッチを閉めろ

（駄目、間に合わ――）

　忍のグローブに包まれた右手が、〈ＥＮＴＲＹ　ＨＡＴＣＨ〉と表示された赤いスイッチを叩くように押すのと巨大な口吻が眼前に突き出されてくるのは、ほとんど同時だった。

　シュパッ

　がしゃーんっ！

　瞬間的に閉じたハッチの外側に、駆逐艦《くちくかん》の主砲ほどもある口吻ノズルがぶち当たって、すさまじい衝撃が後ろ向きにコマンドモジュールを襲った。

「――きゃぁあっ！」

　仰向けに寝るような姿勢から身体が跳ね上がり、宇宙服ごと両肩がハーネスに食い込んだ。

「うぐっ」

　どしぃいんっ！

　次いで機体全体が、体当たりされた反動で後ろ向きにひっくり返るように回転した。

全周モニターが機能を回復、だが最初に映し出したのは、巨大な蠅が毛むくじゃらの六本の脚で機体を抱え込むように拘束する様子と、その背景に回転する星空だった。
巨大な複眼の頭部が動き、黒光りする湾曲した口吻と下顎突起が、閉めたばかりのハッチを上から打撃した。

がつっ

飛行形態の〈究極戦機〉は、蠅の体当たりの一撃でイーグル26号の二本のロボットアームから外れ、そのまま蠅にしがみつかれた形で宙を回転した。
〈究極戦機〉の本来の主《あるじ》である人工知性体は、もともと星間文明の惑星開発用知能であったため『他者を攻撃する』という行為が初めからプログラムされていない。攻撃してきた怪獣へ反撃をするには、攻撃性を持った地球人がコマンドを与えるか、システムを操縦してやらなければならないのだ。

だが、

「きゃぁあぁっ」

視界の目の前に突き出される口吻が、ぬめぬめ光りながらがんっ、がつんっとハッチの外側を執拗《しつよう》に打撃する。忍は思わず悲鳴を上げる。全周モニターの目の前が、割れるんじゃないか……!?

いや、〈究極戦機〉の外板は保《も》つのか。地球製の部品を使っているところだってあったはずだ――

ピッ

モニターのどこかに、黄色い表示。何か故障箇所が出たのか……？　揺れが激しくて読み取れない。視野全体が回転する。だがハッチが閉まったおかげでGキャンセラが作動を再開した。コマンドモジュールに下向き人工重力。

ハーネスに留められ浮いていた身体が、シートに押しつけられる。

「――くっ」

がつっ

がつつっ

この下に〈餌〉があるんだ、といわんばかりに打撃してくる口吻と二本の突起。青緑色の複眼がグラデーションのように色を変えて光る。

「し――」

しつこい。

腕の感覚は、戻りつつあるが――駄目だ、宇宙服のグローブで操縦桿が摑めない。ただでさえ、ゴム手袋を三枚重ねたみたいだったのに、これでは……

そうだ、インテンション・コマンド——

がつっ

「ぐ」

口を開こうとして、衝撃で舌を嚙んだ。

声で、命じなくては。

「——インテンション・コマ——きゃあっ」

どかんっ

ふいに背中からも衝撃を食らい、忍はシートに叩きつけられた。

な、何……⁉

ヘルメットの中で振り向くが、頭だけ回しても、内張りしか見えない。だが頭上にかぶさったもうワンセットの毛むくじゃらの脚光が目に入る。

（まさか）

もう一匹、後ろから……⁉

がつっ

がつがつっ

がつっ

二匹の蝿にしがみつかれ、前後から口吻で打撃されている。がつっ、がつっとまるで土木工事でツルハシでも振るうような衝撃だ。

もう一匹、いたのか。

「はぁ、はぁ」

このままじゃ――

宇宙怪獣二匹にサンドイッチされ、打撃を加えられ続けたら。いずれ地球製の部品を使っている部位が損傷して、やられてしまう。

なんとか振り払って、離脱しなくては……！

「イ、インテンション・コマンド――！」

必死に口を動かして、ヘルメットの中で忍は叫んだ。

だが、

「……」

何事も起こらない。フェース・プレートに、自分の息が跳ね返っただけだ。

そうか、わたしの肉声で命じないと――

まだコマンドモジュール内部は、ハッチは閉じたが減圧したままだ。空気はない。

ヘルメットの中からでは、システムに〈声〉が通らない。

ずがっ

機体が打撃され、激しく揺れる。

ぐんっ
横Gを感じた。機体が、どこかへ向かって運ばれ始めた。さらにあさっての方向へ加速されるG。

（な、何……？）

忍はシートの片側に押しつけられ、驚いて目を上げる。二匹は、わたしをほじくり出して喰うのをあきらめ、どこかへ機体ごと運ぼうというの……？

ひょっとして。

二匹いたということは――もっ、い、いるのかもしれない。何十匹も群がってきて、一度にあの口吻でがつがつがつやられたら……

（冗談じゃないわっ）

減圧システムは、どこだ。

コマンドモジュールに空気を入れなくては。

目で探した。魚住博士が後付けで取り付けた、操作スイッチがどこかに――

〈DECOMPRESSION〉

あった。

右パネルの端っこ。

あのスイッチを、戻せばいい――

だが忍が、まだ痺れる右腕を必死に伸ばそうとした時。

ぐわしゃんっ
「きゃっ」

横向きのすさまじい衝撃が、コマンドモジュールを揺さぶった。〈究極戦機〉のGキャンセラは宇宙航行時のGを消去するが、機体が打撃される衝撃までは緩和しきれない)。

「ぐっ」

また舌を嚙みかける。

何かに――横向きにぶつかった……⁉

ずがががっ、と横滑りしながら。機体が摩擦で止まる。激しい上下動がして、すぐにやむ。

(……⁉)

機体が、止まった。

忍は、ヘルメットの中で目を見開いた。

なんだ、ここは……。

## ●宇宙空間　木星船

銀色の猛禽のようなマシンが二匹の『蠅』に抱え込まれ、宙を運ばれクルクル回転しながら突っ込んだのは巨大な宇宙船の後部――メインエンジンのすぐ上の、本体トラス構造の基部だった。

ぐわしゃ

音もなく、特殊合金の鉄骨をひしゃぎながら銀色の猛禽は斜めになり、トラス構造の内側へはまり込んで止まった。

三〇〇メートルの巨大なタワーが、宇宙を進んでいるような船だ。その基部はトラス構造がスカートのように広がっていて、四つのお椀《わん》のようなメインエンジンとつながっている。

銀色の猛禽は、そのトラス構造の中央部まではまり込んで、止まった。

同時に、

カッ

四つのお椀――メインの水爆エンジンが、お椀の内側へ超小型核融合ペレットを吐き出して点火させ発光した。まばゆい白銀色の閃光が、一瞬周囲の宇宙を染めた。

**●種子島　ＪＳＤＡ宇宙センター**

「見えたぞっ」

宇宙センター最上階、光学観測室。

コンピュータ制御の大型天体望遠鏡が、斜めに天を向いているドームだ。

その室内で観測モニターを注視しながら、的外研究主任は叫んでいた。

「これは――木星船のエンジンの閃光だ！　やはり予想より近くにいる。地球まで二〇万キロを切っているぞ」

四角いモニター上でパッと一瞬閃いたのは、白銀の閃光――将来、恒星間探査船のエンジンに使われるだろうといわれていた、反発型水素核融合エンジン（水爆エンジン）の発する光に違いない。

ほかに、月と地球の間で、そんな閃光を発する物体があるはずはない。

水爆エンジンは、巨大なお椀の中で超小型の水爆を連続的に爆発させ、その反発力で加速し宇宙を進むという、考えようによってはひどく危ない推進方式である。

だがその加速力は、文字どおり『爆発的』だという。

「管制室、的外だ」

不精髭を伸ばした的外は、コンソールの館内電話を引ったくるように摑んだ。

「今、光学観測データを送るぞ。すぐに軌道を計算――うっ⁉」

だが次の瞬間。

種子島の浮かぶ東《ひがし》シナ海《かい》の水平線に、太陽が顔を出した。

強い白色光が、横から射す。

快晴の空に朝日が昇り始め、望遠鏡の向いている宇宙空間の闇を一瞬で真っ白にして、何も見えなくしてしまった。

エンジンの閃光らしき閃きも、数回でやんでしまった。軌道を修正する程度の噴射だったのか。

「く、くそっ――――!」

## ●〈究極戦機〉

ずがんっ
機体が何かにぶつかり、どこかの場所に引っかかって止まった――と感じた直後。
今度は突き上げるような衝撃が忍を宇宙服ごとシートから放り上げ、次いで下向きに叩きつけた。
「――きゃあっ!」

ずがんっ
ずががっ
すさまじい衝撃は、数回コマンドモジュールを突き上げると、やんだ。

「はぁ、はぁ、なんだ、今のは……?」

忍には、〈究極戦機〉が横向きに突っ込んで止まった木星船の船体が、直後にメインエンジンに点火して軌道修正加速を行ったなどと、把握できるわけもない。

「……ここは、どこだ――」

身体に、1Gよりも大きい下向きGがかかっている気がする。

(――)

見上げると、横から太陽光を浴び、鉄骨でできたような巨大なトラス構造が頭上はるかに延びて、銀色の液体タンク群の中へ消えている。

まるで東京タワーの真下に立って、見上げているような感じだ。

ここは、木星船の船体……?

そうか。

あの蠅は……?

見回すと、姿がない。

代わりに、頭上のトラス構造のやや横、東京タワーに満月がかかるような感じで蒼い地球がぽっかりと浮かんでいた。

（地球――ずいぶん近い）

## ●太平洋上　戦艦〈大和〉

「データリンクが、また途絶しましたっ」

魚住渚佐に代わり、徹夜でＵＦＣコントロールセンターの管制卓に着いている井出少尉が叫んだ。

「位置信号が届かなくなった。どうしたんだ」

それは、木星船のメインエンジンが超小型水爆を爆発させ加速したため、宇宙空間に電磁障害現象が生じて通信電波がホワイトアウトしたのだったが、〈大和〉の艦尾にこもっている人々にはわかりようもない。

だが、ただ一人、後方で見ていた青いつなぎ飛行服の女が、ぽつりと言った。

「――爆発したのかも、しれないわ」

「えっ」

「何」

「爆発——ゲイツ博士がメインエンジンの制御に失敗して、木星船を爆発させてしまった可能性もあります。あぁ——」

「⁉」

「？」

驚く井出と郷大佐の前で、渡羽鷗は「あぁあ」と芝居がかった動作で泣き崩れた。

「かわいそうに。〈究極戦機〉も、爆発に巻き込まれてしまったかもしれないわ」

**●群馬県山中　陸軍秘密研究所**

「古怒田博士っ」

徹夜《てつや》をした赤い目をこすりながら、解析《かいせき》システムのコンソールに着いていた研究員が呼んだ。

「出ました。解析が出ました」

「出たかっ」

白髪《はくはつ》の科学者は、『切り身』の冷凍安置所を見下ろすコンソールに駆け寄ると、解析システムの画面を覗き込んだ。

「う、ううむ」

思わず、という感じで唸《うな》った。

「やはり——これか」

「博士」研究員が画面を指す。「ガーゴイルの体表面に残っていた五十六カ所の『傷痕』から、これらの傷を与えた『器官』の形状を解析し——あくまでこれが生物の器官だと仮定してですが、そのような『器官』を持つ生命種を地球上に存在するものの中から選び出した結果が、これです」

「——」

画面に浮かび上がった、ＣＧの画像。

「すぐ、官邸に連絡だ」古怒田博士は唸った。「宇宙を、警戒せねばならん」

# 2

## ●東京　永田町　首相官邸

『宇宙を、警戒せねばならん』

総理執務室へ詰めている波頭の元へ、早朝にもかかわらず連絡してきた古怒田博士は、開口一番に訴えた。

『新たな脅威が、襲来する可能性があるぞ』

「ど、どういうことです？　博士」

波頭は携帯に眉をひそめる。

木星船が、地球から二〇万キロの位置でメインエンジンに点火したらしい――という情報が、種子島宇宙センターからもたらされたばかりだ。

だがその直後、太陽が昇って光学観測ができなくなり、木星船の所在はまたわからなくなってしまった。

戦艦〈大和〉との通信もまだ回復していない。

宇宙へ行った〈究極戦機〉が、今どこでどうしているのかもわからない。

「こちらは今、いろいろと取り込み中なのです」

だが、

『波頭中佐』

迷惑がる波頭をよそに、博士は続ける。

『ガーゴイルが、シベリアの〈骨の塔〉から宇宙へ放った信号波の解析をしてみたかね?』

「いや、それはまだですが――」

そんな暇は、今のところない。

波頭は目を上げ、前に片手間に読んだ報告書の内容を思い出す。

「――あれは、確か怪獣の生体核融合炉から出るエネルギーを塔に共鳴させた一種の電磁波で、われわれの使っている通信電波に似たものだ、という報告だけ読んだ覚えがありますが……」

『そのとおりだ』

電話の向こうで初老の博士はうなずく。

『私も、あれはガーゴイルが『仲間』を呼び寄せる信号電波だったと解釈している。しかし宇宙には、その信号を嗅《か》ぎつけて寄ってくる、もっと厄介《やっかい》な別の存在がおる』

「別の――存在……？」

『そうだ。あの信号が宇宙へ発振されたのち、程なくして木星軌道上で水素プラントが謎の全滅をした。偶然の一致であればよいが』

「……」

『そちらのＰＣへ、画像を送る。見てくれ中佐』

執務室のテーブルに開いたままの波頭のＰＣへ、息つくほどの間も空けず、ファイルが転送されてきた。

（……）

仕方がない。

国防総省が、横須賀《よこすか》の連合艦隊司令部を通して、〈大和〉と通信の回復を試みているところだ。じきに回復するだろう、それまでは待つしかない。

眠い目をこすりながら、添付ファイルを開いた。

だが

「……!?」

表れた画像に、波頭は思わず目を見開いた。

なんだこれは。

「は、博士──なんですか？　これは」

●太平洋上　イージス巡洋艦〈摩耶〉

「──えくしっ！」

連合艦隊のイージス艦の後部甲板には、もともと格納庫がないところを、5番艦の〈摩耶〉からは無理やりに搭載ヘリ用の格納庫を造ったのだった。

だから、艦の大きさの割に、とても狭い。

その手狭な飛行甲板と格納庫が、さっきから大騒ぎになっている。

「はっくし！」

森高美月は、海面から引き上げてもらったのち、〈摩耶〉の格納庫に隣接する飛行指揮所で毛布にくるまり、石油ストーブに当たらせてもらっていた。

その姿勢で、甲板の様子を見ていた。

三十分前。〈究極戦機〉が極超音速に加速し飛び立った時、すさまじい衝撃波の波紋を食らって、美月を乗せたSH60Jは海面に叩きつけられ、着水してしまったのだ。

機体はそのまま沈んでしまい、乗員はからくも脱出して助かったが、〈摩耶〉の内《ない》火艇《かてい》に引き上げてもらうまで、しばらく明け方の海で水泳しなくてはならなかった。

四国の沖といっても、冬の海だ。

「は、はくしっ――ったくもう」

借りた毛布にくるまって震えていると。

美月に、もっと悪い知らせがやってきた。


「森高中尉」

〈摩耶〉の整備士官が、すまなさそうな表情で指揮所へ入ってきて、言った。

「いやぁ、すみません。甲板にあった、あなたの機体なのですが」

「やっぱ、駄目？」

「は、はい」

若い技術士官は、指揮所の細い防爆窓の向こうに見えている、〈摩耶〉の後部飛行甲板を指した。

「あのとおり、海へ転がり落ちるのは免《まぬが》れましたが。ひっくり返ってしまったものは、われわれの手ではやっぱりどうしようもありません」

狭い甲板では、海ツバメ色に塗装したシーハリアーFRSマークⅡが、見事に三本の脚を天に向け、殺虫剤で殺されたゴキブリみたいにひっくり返って転がっているのだった。

整備員たちがその周囲で、途方に暮れている。

さらにその向こうには、斜め後方一マイルを航行する〈大和〉のシルエットが小さく見えている。

「——ふう」

美月は、息をつく。

やっぱり、駄目か。あれじゃ——

さっきの〈究極戦機〉発進時の衝撃波は、〈大和〉に随伴《ずいはん》する護衛艦〈摩耶〉の甲板も容赦なくなぎ払ったのである。

甲板に置かせてもらっていた美月のハリアーは、あっけなく転がってひっくり返ってしまった。海に転がり落ちるのを免れただけ、儲けものかもしれない。

「ま、今回は忍は宇宙だし。随行支援戦闘機《サポート・ファイター》の出る幕もないか——あふぁふぁ」

**●永田町　首相官邸**

「これはいったい、なんです……!?」

PCの画面に浮かび上がった画像に、波頭は声をひそめた。声を上げそうになって、逆にひそめてしまったのだ。

老博士が、明け方に何か変な画像を送ってきた。

まともに相手にして、よいものか……？

だが
『そのＣＧは、あのガーゴイルをはるか昔に宇宙空間で襲って喰おうとした〈怪獣〉――別種の宇宙航行生命体の、想像図だ』

電話の向こうで、博士のしわがれた声は言う。

『よくできたＣＧじゃろ』

「し、しかし……」

波頭は眉をひそめる。

「これ、まるで蠅じゃないですか」

『さよう。推定数万年前に、宇宙のどこかであのガーゴイルの個体を襲ったのは、そこにある推定体長一五メートルの『蠅』に似た宇宙航行生命体、五十六匹だ。新潟で倒したガーゴイルの体表面に残されていた傷痕の形状から、そのように推測をした』

「し、しかし」

波頭は、画面のＣＧに首をかしげる。

「倒した怪獣の体表面の傷なんかから、どうやってこの『蠅』の姿が出てくるのです？」

『傷痕を解析すれば、打撃してきた〈器官〉の形状がわかるじゃろ。口吻の形状から、全体の姿を推測したのだ』

「はぁ――」波頭は息をつく。「でも、どう推測すれば『蝿』……？」

『それは君』ちっちっ、と電話の向こうで初老の科学者は舌を鳴らした。『科学者とは〈直感とイマジネーション〉じゃ。昔、昭和《しょうわ》時代に九州《きゅうしゅう》の炭坑地区を襲った翼竜《よくりゅう》に似た怪獣がおった。その時、現場にいた科学者は、被害者の写真機に残されていた翼端の画像から〈怪獣〉の全体像を見事に推測して割り出しておる。われわれも見習わなくてはならん』

「はぁ。でも宇宙に蝿なんて、いるんですか？」

『逆説的にいえば、地球にいる蝿のほうが、太古に飛来したベルゼブブの退化した子孫かもしれん』

「ベゼルブブ……？」

なんだ、それは。

『ベ、ベルゼブブだ、波頭中佐。私がこの〈怪獣〉に仮につけた名じゃよ。「蝿の王」という意味だ』

「はぁ」

『その〈怪獣〉――ベルゼブブが恐ろしいのは』

博士は真剣な声で続けた。

『一体一体の大きさ、破壊力はガーゴイルに劣っても、とにかく数が多いということだ。〈骨の塔〉の信号電波に引き寄せられ、ガーゴイルがよけいに何匹か来たところで、あのトカゲが産む卵の数なんてたかが知れておる。ところがベルゼブブの産む卵の数は、桁違いだ。何せ蠅だからな』

「……」

『百倍、あるいは千倍の繁殖力《はんしょくりょく》だろう。一匹でも地球に入れたら、人類は終わりだ』

「……繁殖力――」

宇宙を渡る、蠅……。

波頭には、にわかに信じがたい。

しかし

『これは私の推測じゃが』博士は続ける。『宇宙空間では、音もにおいも伝わらない。ベルゼブブが群れをなしてガーゴイルを襲おうとする時、何を目印にして〈獲物〉を見つけるのか。私は、ガーゴイルが仲間とのコミュニケーションに使っている電磁波を、目印にしているのではないかと思っている』

「電磁波、ですか」

『そうだ。ある帯域の電磁波を〈獲物〉のにおいとして感じるのではないか？　そうやって群れをなしてベルゼブブはガーゴイルや、ほかの宇宙航行生命体を襲って喰っているのだ』

「電磁波が、〈獲物〉のにおい――ですか？」

『さよう。つまり「電磁波を出している有機体」は、ベルゼブブにとっては〈獲物《えもの》〉――餌として認識されるのだ』

「……電磁波を出している、有機体――？」

波頭は、思わず耳に当てていた携帯を、顔から離して見た。

## ●宇宙空間〈究極戦機〉

「――ゲイツ博士は……ごほっ」

純粋酸素のせいで、喉がかれている。

衝撃の収まったコマンドモジュールの操縦席で、忍は目を上げる。

巨大なタワーのようなトラス構造。秒速一五〇キロ以上という、地球の通常型宇宙船としては破格の速度で、木星船は宇宙を突き進んでいる。

周囲に比較するものはないが、それでも塔のような船体の右上に見えている地球が、見ているうちに大きくなってくる。

「……」

たった今、〈究極戦機〉が横ざまに突っ込んだトラス構造の基部を、下から突き上げるような衝撃が襲った。

いったい何が起きたのか。

数回、突き上げられた。四つのお椀のようなあのメイン・エンジンが、噴射したのか……？

だが、あの女博士の話によれば——減速をして地球の周回軌道へ乗るためには、まず船体を一八〇度回転させ、進行方向へ向けて噴射をしなくてはならないはずだ——

（……博士は、どうなったんだろう）

エヴァリン・ゲイツは、自分を痺れ薬で動けなくしておいて、木星船の有人ブリッジへ向かった。

このマシンはいただくわ、とも言っていたが——

木星船を地球の周回軌道へ乗せる作業のほうは、どうなったのだ。

博士が無事に制御を終えていれば、船はまず姿勢制御噴射で一八〇度回転するはず……。さっきの噴射はまるで、地球への衝突コースを修正しただけ
みたいだ。

やはり、博士も有人ブリッジを襲った『蠅』に、食べられてしまったか。

エンジンを制御しようと試みている最中に、有人制御モジュールが外側からあの

『蝿』に襲われたのだろう。だからめちゃくちゃな噴射の仕方を――
「――くっ」
忍は、宇宙船の中であちこち痛む身体を動かし、頭上を見上げた。
地球が、迫ってくる……みるみる大きくなる。
どうすれば――そう思った瞬間。
ずぞっ
忍の上方視界を、いきなり背後から何か黒いけむくじゃらの物体が遮って、塞いだ。
「う」
地球が隠れて見えなくなる。
は、蝿……!?
ヘルメットの中で目を上げる。

しまった……!

忍は、宇宙服の中でぞっとした。

〈究極戦機〉のコマンドモジュールは、全周の視界を操縦者に提供するが。

宇宙ヘルメットをかぶっていると、操縦席の真後ろは全然見えない。メインエンジンの噴射の衝撃と頭上に迫る地球に、気を取られていた。

ずぞぞっ

背後から現れた巨大な〈脚〉は、まるで〈究極戦機〉を摑み取ろうとするように、忍の視界に覆いかぶさった。続いて巨大な複眼がぐわっ、と真上に出現して忍をまっすぐに睨み下ろした。

もぞもぞと動く口吻――

「きゃ、きゃあっ」

でかい。

なんだ、この頭部の大きさ――視界いっぱいだ。大きいじゃないか、さっきの二匹の、倍はある……！

そう感じるのと同時に、

がんっ

巡洋艦の主砲みたいな口吻が、忍の眉間を狙うように真上からコマンドモジュールを突いた。

すさまじい打撃。

ががんっ――！

「――きゃあっ」

飛行形態の〈究極戦機〉は、彼ら『蝿』の親玉《おやだま》が棲む〈巣〉の真ん中へ、運び込まれていたのか。

突然、頭上に出現したのは、さっきまで目にした『蝿』二匹よりも、優に倍は大きな個体だった。その太い湾曲した口吻が、コマンドモジュールのハッチ部を突き破ろうと、執拗に突き下ろされる。

どがっ

衝撃。

――危険

どしぃんっ

忍は宇宙服ごと放り上げられかけ、ハーネスに止められる。操縦席に叩きつけられる。

「きゃあっ」

――危険

身体は――

身体は、動くか。

このままでは巨大な『蝿』の親玉に、コマンドモジュールを突き破られてしまう。この球形操縦席もハッチも、あとから葉狩真一が設計して付け足した『地球製』なのだ。

ががんっ

「くっ」

忍はとっさに、左腕を前へ出した。

す、推力桿を……！

感覚が、まだ戻っていない。だが左腕はなんとか動き、前へ出て、宇宙服アセンブリのグローブで左の肘掛けの位置にある推力桿をわずかに押した。

ウォン――

Gキャンセラが作動、インパルス・ドライブの推力が機体を前へ押し出した。

ぐんっ

## ●宇宙空間

ぐわしゃ
木星船のトラス構造の基部にはまり込んでいた〈究極戦機〉は、はまり込んだ時と同じように鉄骨を蹴散らして、外の空間へ飛び出した。
鉄骨の破片がパッ、と宇宙へ散るが、すでに加速を終えた巨大な船体はそのまま宇宙を進む。
太陽光を浴びて銀色に輝く船体から、〈究極戦機〉は進行方向の真横へ離脱する。しかし、その猛禽のようなフォルムには黒い巨大な蝿が覆いかぶさり、六本の脚でがっしり抱え込むと執拗に口吻で機体背部を突いた。がしっ、がしっと突き続ける。

## ●〈究極戦機〉コマンドモジュール

がしんっ
「きゃあっ」
蝿が、振り、い、い、払えない……!?
忍は、機体にかぶさった蝿の親玉を振り払おうと機体を加速させたのだが。

巨大な黒い蝿は、六本の脚でがっしりと〈究極戦機〉を抱え込み、加速して外の空間へ離脱しても離してくれようとしない。
腕は痺れたまま。思うとおりに動かない。このままでは、反撃も――
がんっ
ががんっ
ピッ

▼MAIN HATCH DAMAGE

赤色のメッセージが、振り下ろされる口吻に重なって浮かぶ。

まずい、ハッチが損傷し始めた……！

「……くっ！」

忍は、舌を噛みそうになりながら今度は宇宙服アセンブリの右腕を伸ばす。さっき操作しようとした右パネルの赤色のスイッチ――コマンドモジュールに空気を入れるスイッチだ。

気密が破られる前に、空気を戻してヘルメットを取らなくては――！

右手が届いた。

宇宙服アセンブリのグローブの指で、ガードの開いたスイッチを、摑むようにして戻す。

カチッ

戻った。

ピッ

▼PRESSURE ACTIVE

シュウゥウッ、と音がして、コマンドモジュール内に空気が放出され始める。早く、呼吸のできる気圧に……！

**●宇宙空間　木星船**

ガゴンッ

ゴンッ

長大な木星船本体のトラス構造に、まるで鐘《かね》を鳴らすような金属の振動が響き渡った。

蒼い地球が、有人モジュールをつけた船首の向こう、右前方からぐんぐんと近づき大きくなる。木星船は近づく地球の縁のあたりに船首をこすりつけるような角度で、空間を突き進む。

ゴンッ

その長大な船体の周囲では、八十個の重水素タンクの切り離し《パージ》が始まった。中国から資金提供を受けたアメリカ主民党の工作員――すでに蝿に喰われてしまった船外作業班飛行士がインプットした『西日本帝国の東京へ船体を落下させるプログラム』では。大気圏突入と同時に大爆発を起こすであろう重水素タンクは、すべて突入前に爆発ボルトで切り離し、宇宙空間へ投棄してしまうようになっていた。

全長三三〇メートルの宇宙船本体の芯《しん》の部分だけが、大気との摩擦熱で真っ赤に焼けながら、巨大質量と運動エネルギーを蓄えた一本の槍《やり》のようになって、地表の狙ったところへ突っ込んでいくのだ。

ゴゴンッ

ゴンッ

葡萄《ぶどう》の実のように周囲についていた銀色の球形タンクが次々にパージされ、拡散するように離れていってしまうと。鉄骨の塔の骨組みだけになった宇宙船本体が、太陽光にさらされる。

うぞうぞうぞ
その長大な骨組の、鉄骨の隙間という隙間に、無数の生白い『蛆《うじ》』がうごめいていた。
うぞうぞ
蒼い地球が、急速に右前方に大きくなってくる。
移住するべき惑星が近づいてきたことが、それらは〈本能〉でわかるのだろうか。骨組みの隙間に入り込んでいた無数の『蛆』は、それぞれ動きを止めると体表面に茶《ちゃ》褐《かっ》色《しょく》の物質を急速に分泌《ぶんぴつ》し始めた。
見る間に、無数の細かい茶褐色の『さなぎ』で木星船の骨組みは覆われていく。

## ●太平洋上　戦艦〈大和〉

「データリンクが、また回復したぞ」

すでに洋上には陽が昇り、朝になっている。

東へ向け航行中の〈大和〉は朝日を浴びながら、〈究極戦機〉の衝撃波でなぎ払われた甲板や鉄橋上の機器の修理を急いでいた。

その艦尾のＵＦＣコントロールセンターでは、ついに徹夜した井出少尉が、管制卓のディスプレーに急に映し出されたデータと画像に声を上げた。

「UFCの現在の飛行情況が――うっ」

白い第二種軍装を着たまま立っていた少尉は、声を詰まらせてのけ反った。

なんだ、これは……!?

表示されたのは、機体の外部カメラの映像だ。

「ご、郷大佐っ」井出は叫んだ。「大佐、来てください。忍ちゃ――いや水無月候補生が大変なものに襲われていますっ」

**●宇宙空間〈究極戦機〉**

ピッ

▼NORMAL AIR PRESS

コマンドモジュール内の気圧が、正常に……！

「うっ」

忍は宇宙服アセンブリの両手のグローブの指で、ヘルメットの横のつまみを必死に回すと、フェース・プレートのロックを外した。

カチッ
ロックが外れ、透明なプレートが顔のすぐ前で外側へ浮き上がった。

「くっ――」

忍は両手でプレートを押し上げると、冷たい空気を吸い込んだ。呼吸できる。もう宇宙服は、なくていい……！

「はぁっ、はぁっ。インテンション・コマンド」

ピピッ

▼INTENTION CMD

「〈究極戦機〉――」忍は息を吸い込んだ。「コンバット・フォーメーション！」

●宇宙空間

自分の倍する巨大な『蝿』に抱え込まれていた銀色の猛禽は、六本の毛むくじゃらの原生木のような脚の拘束を撥ね飛ばし、宙で瞬時に変形をした。

シャキッ、という金属音が聞こえてくるような、見事な一瞬のトランス・フォーメーションだ。
現れた人形《ひとがた》のシルエットは、そのまま左腕の盾《たて》を青緑色の複眼へぶちかまし、ひるませると優美な両手を屈伸させてばかでかい黒い蠅の腹部を蹴り飛ばした。
ぐがっ
そのまま後ろ向きに、離脱。
大気中であれば、蹴られた怪獣の悲鳴が響き渡ったかもしれない。唯一の特殊操縦者――水無月忍の〈声〉に反応し、白銀の女性型戦闘マシンがインテンション・コマンドモードで蠅の怪獣に反撃を見舞ったのだ。それは『このように動け』という、操縦者の意志そのものであった。
だが、
ブブンッ
宇宙空間に羽音が響いているような錯覚さえさせる激しい翅の動きで、巨大な蠅は後ろ向きの動きを止め、空間に踏みとどまるとふたたび襲いかかった。白銀の女性型マシンの真正面へ――
ブンッ！

# 3

## ●宇宙空間

巨大な蝿の腹部を蹴って、その反動で後ろ向きに等速運動していた女性型の機体へ、体勢を立て直した蝿がふたたび襲いかかった。

ブンッ！

太陽光は反射するが、目には見えないほどの疾《はや》さで振動する翅――黒い蝿の背負ったその翅が、なんらかの物理的作用をするらしい、巨大蝿は瞬間移動を想わせる素早さだ。

## ●〈究極戦機〉

「――きゃっ⁉」

インテンション・コマンドモードで『蹴れ！』と念じ、両脚で蹴り飛ばしたはずの怪獣が、まるでリングのロープで跳ね返ってくる悪役プロレスラーのように再度襲いかかってきた。

な、なんだ……⁉

（宇宙空間の、戦闘かっ）

自分にはわからない、さまざまなファクターがあるに違いない。宇宙での格闘戦は初めてだ――

ピッ

一瞬、そう考えるうち蝿は視界いっぱいになる。

▼CAUTION

▼COLLISION（衝突）

逃げるな。

忍の中で、経験のようなものが教える。

背を向けて避けて、相手を見失えば、今度はもっと厄介なことになる――ガーゴイルの時がそうだった……！

「ヘッジホグ——いや、スピア！」

忍は叫ぶと、自分の右手で光る剣を握り、迫りくる巨体へ突き立てるところをイメージした。

プラズマ砲など間に合わない、スピアしかない。近接防御——！

「うっ」

蠅の腹部と六本脚が瞬間的に目の前へ。

右マニピュレータ。

構えろ。

前だ。

しかし、

「うわ——間に合わ」

バガーンッ

**●宇宙空間**

白銀の女性型マシンが右マニピュレータを前方へ振り出し、核融合炉からリークさせたプラズマを、手首から〈錐《きり》〉の形に噴出させようとした時。

一瞬早く、巨大な黒い蝿がトゲトゲの生えた原生木のような六本脚で、体当たりをぶちかました。

光る〈錐〉はそらされ、女神像のような機体は踏ん張る地面もないためそのまま宙にのけ反り、後方へ回転しながら吹っ飛んだ。

クルクルッ、とバク転を繰り返しながら吹っ飛んでいく。空気摩擦がないので回転は止まらない。太陽光を浴びて、きらきら光りながら吹っ飛んでいく。

その『下方』、銀色のタンクの切り離し《パージ》をすべて終えた木星船本体が、急速に大きくなってくる地球に吸い込まれるように近づいていく。

重水素タンク群も、同じ運動ベクトルと速度を持っているので地球へ向かう軌道は同じだ。しかし周囲へ散った八十個の銀色のタンクは、大気圏上層に触れた時点ですべて爆発し、蒸散《じょうさん》するだろう。

右前方から、蒼い地球はぐんぐん大きくなる。

## ●〈究極戦機〉

「――うぐっ」

しまった、ぶつかる瞬間、前方へ推力をかけるんだった——！　そう思った時には遅い。

バガーンッ、というすさまじい衝撃とともに、〈究極戦機〉は蹴り飛ばされ、後ろ向きに回転しながら宙を吹っ飛んだ。

星空が猛烈に回転する。球形操縦席は『戦闘形態』の機体の重心よりも上側にあるので強い遠心力が働き、Gキャンセラが働いても忍の身体はシートから浮き上がろうとした。

「く——くそっ」

インテンション・コマンドは働いている。機体を止めなくちゃ。後ろ向きの回転を——

「——と、止まれっ」

ぐんっ
急に前へのめるようなGが働き、星空の流れがぴたりと静止する。今度もGキャンセラは機動Gを吸収しきれず（格闘戦用ではなく宇宙航行用だ）、忍はハーネスにも止められきれず、上半身を前方パネルへぶつけそうになった。

「くっ」

ハーネスが肩に食い込む。

歯を食いしばる。

は、蠅は、どこだ……⁉

目を上げ、空間を探った忍の視界に、蒼い地球がかぶさるようにどんと映った。

何……？

気づくと、『頭上』を圧するかのように、視界の上半分が全部、地球だった。蒼い。

こんなに近づいていたのか……？　もう、ひとつの球体として視野に入らない。

その蒼い半球へ、吸い込まれるように一本の茶色い〈槍〉のような物体が近づいていく。本来は赤白の縞模様に塗られていたはずの、木星船本体だ。

ピッ
人工知性体が『これを見ろ』とでも言ったかのように、モニターが勝手に頭上の地球へ『落下』していく木星船本体の様子を拡大した。

ぱっ
「――うっ」

なんだ。

無数の茶色い細かいものに、びっしり覆い尽くされた長大な鉄骨構造の宇宙船――

全体がその付着物のせいで茶色く見えている。

なんだ、あれは。

目を奪われた瞬間、忍の注意力が留守《るす》になった。

ピピッ

▼CAUTION

(――足の下……⁉)

気配に気づいてハッ、と真下を見るのと、巨大な六本脚がまるで手のひらが何かを掴むように広げられて迫るのは同時だった。

ぐわしっ

「う」

掴まれた……⁉

同時に、

ドシィンッ

真下から巨大な怪獣に体当たりを食らった衝撃。

シートから突き上げられる――!

「きゃあぁっ」

つ、掴まった……!

メキメキメキッ
メキメキッ
巨大な六本脚が屈曲し、周囲から機体を締めつけてくるのが全周視界に映った。やばい、手と脚は地球製なのに……！
がつっ
忍の目の前にぬうっ、と現れた巨大な複眼の頭部が、今度こそはという感じで真正面から巡洋艦の主砲のような口吻で打撃してきた。
「きゃあっ」
がつっつっ
もぐもぐと動いている口吻と周囲の二本の突起、ひげのような無数の小さな突起《とっき》。それが、最大のアップとなって忍の顔の真ん前にぶつかって来る。『お前を食ってやる』と言っているかのように――
（……嫌だ）
気持ち悪い。
ガーゴイルが相手の時は、どんなに恐ろしい姿でも『怖い』とは思わなかった。でも忍はぞぞっ、と全身に蕁麻疹《じんましん》が広がるような感じがした。恐怖――いや生理的嫌悪感。

がつっ
ピピッ

▼MAIN HATCH DAMAGE

▼AIR LEAK

ハッチが破られる――!?

「や」

どこかでピシューッ、と笛のような音。

く、空気漏れ……!?

蕁麻疹のような嫌悪感が、瞬間、ゾッとする寒気に変わる。蠅に食われるアメリカ船の搭乗員たちの姿――

「やめてぇっ」

がつつっ
がつっ
ピシューッ、という空気漏れ音がさらに高まる。

「く——くそっ」

忍は目を閉じ、〈究極戦機〉の両腕と両脚が蝿の拘束を振り払うところをイメージするが——

ぐぐ、と機体の両腕は開きかけたところで、停止してしまう。

どうした……⁉

ピッ

▼OVERLOAD RELIEF

過負荷防止——⁉

過負荷防止機能が働き、両腕と両脚の電磁アクチュエータを止めてしまった。構造が負荷に耐え切れない、とシステムが判断して自動的に止めたのだ。手足は地球製だ。

「うっ」

がつつっ
何とか、しなければ……！

その時。

ヘッジホグだ。

経験が教えた。

そうだ、プラズマ砲――！

「――ヘッジホグ」

だが、
ピピッ

▼No.3 FCAI : HEADGEHOG NOT READY

▼OVERLOAD RELIEF

「うくっ」
駄目か、オーバーロード・リリーフで、右マニピュレータがフリーズしているんだ
……！
〈究極戦機〉の右腕が動かない。
右腕の機能がフリーズ状態なので、右腕を〈砲身〉として使用するヘッジホグ――
プラズマ砲も、スピアも働かないのだ。
冗談じゃない……。

（このまま、蝿に抱き締められたまま吸われて喰われるなんて、冗談じゃないわっ……！）

この蝿。

巨大な複眼を、睨み返す。

どこかに、叩きつけてやりたい。

どこか、この化け物蝿を叩きつける場所——

「——あったっ」

ピシュウーッ
地球製のハッチ外板のどこかに亀裂《きれつ》が入ったか。空気漏れが起きて、笛のような音とともに耳にツンと来る減圧感。

やばい、空気が漏れてる。

（……！）

忍は、モニターの左側、開かれたままの拡大ウインドーを見やる。茶色いものに全体をびっしり覆われ、『頭上』の地球へ吸い込まれていく木星船。

あそこだ。

（……あそこへ）

忍はその位置を目に焼きつけ、瞼《まぶた》を閉じた。

木星船のトラス構造だ。

あそこへ、ぶつけろ……！

## ●宇宙空間

ぐんっ
蒼い地球を『頭上』に見て、巨大蝿の六本脚に捕えられていた女神像のような機体は、そのままの姿勢で前向きに加速した。

地球製の手足を保護するため、Gキャンセラは『戦闘形態』では15Gまでの加速力にリミットされてしまう設計だ。機体にがっしりしがみついている巨大蝿も、Gキャンセラの保護下に入ってしまい、Gで振り落とすことはできない。

しかし白銀の女神像は巨大蝿をしがみつかせたまま木星船本体を追うように加速し、太陽光を浴びて流星のように輝きながら、茶色く染まったトラス構造へ斜め後ろから突っ込んでいく。

宙で姿勢を変え、下から六本脚で拘束してくる蝿の本体が、進行方向へ向くようにする。

ぶわっ
だが、何をされるのか悟《さと》ったのか。巨大蠅は巨大船のトラス構造へ突っ込んで叩きつけられる直前、白銀の女神像を『手放して』ふわっ、と離脱した。

## ●〈究極戦機〉

（——うっ……⁉）

忍は目を見開いた。

茶色く染まった鉄骨の集合体が、足元から迫る瞬間。ぶつけて叩き潰してやろうとしていた巨大蠅がスルッ、と抜け落ちるようにいなくなってしまった。

衝突する。

やばい。

（空中停止。と、止まれっ……！）

ぐぐんっ
今度もGキャンセラが吸収しきれず、叩きつけるような下向きG。相対接近速度秒速一キロから秒速五〇メートルまで瞬時に減速したが『止まりきれない』。

ずががが っ

がんっ

「──きゃあっ！」

すさまじい衝撃。

脚から先に、トラスのどこかへ突っ込んだか……⁉

ぐぐっ、ともがくような揺れを最後に、機体は停止した。トラス構造の内部に、またはまり込んだのか。全周モニターの視界が、まるで鉄骨の森の中にいるかのようだ。

「……う、く」

──危険

身体の痺れは、完全に取れていない。

見回す。

「はぁ、はぁ……」

モニターの左右に、黄色い故障メッセージがぱらぱらっ、と読みきれないほど表れる。

機体は、大丈夫か……。

ピシュゥウウッ
息苦しいはずだ。
空気漏れの音が強くなっている。頭が、クラクラする。故障メッセージが読み取れない。
（……ヘルメットを、閉じなくちゃ）

　――危険

撥ね上げていたフェース・プレートを閉じようと、両手を上げた時。

忍の動作が、一瞬止まった。

（なんだ……）

なんだ、これは……。

前方の視界。

〈究極戦機〉の機体は、三角形の断面を持つトラス構造の中心部分まで突っ込んで止まっていた。

もう重水素タンクはないから、頭上は鉄骨の向こうに、全天を覆うような地球だ。

しかも刻々大きくなってくる。見上げると、もう視野いっぱいが地球だ。その照り返しが、トラス構造の内側まで蒼く染めている。

だが視線を下げると、忍の視野いっぱいを埋め尽くしているのは、茶褐色の小物体の群れだった。小物体といっても、あの蠅に比べればだが——

なんだ、これは。まるで無数の繭《まゆ》のような——

——危険

何かが、忍の頭の中に話しかけてきた。

——危険だ。焼き払え

「——えっ⁉」

忍は声のしたほうを、ヘルメットの中で頭を回して見ようとした。

今、なんと言ったの。

——焼き払え、水無月忍

「……」

忍は息を呑み、巨大なトラス構造の内側一面に張り付いた無数の繭のようなもの――茶褐色の群れを見渡した。

これがなんなのか、わからないけど。

この群れをくっつけたまま、木星船は地球へ落下していくというの……？

背筋が、ぞっとした。

（……！）

その時、別の感覚が忍に何か教えた。気配がした。右斜め後ろ……！

「はっ」

それは、ＡＦ２戦闘機での格闘戦訓練で、忍が身につけていた〈勘〉だった。鷲頭少佐のＦ18に背後を取られかけた時と同じ感覚が、忍に気配で『後ろだ』と教えた。

ようやく宇宙での格闘戦に慣れ、空戦の感覚が忍の中で本領を発揮し始めた。さっき真下から襲われた時には対応できなかったのが、今度は間に合った。

後ろかっ……！

「——マニピュレータ・リリース！」

忍はとっさに叫びながら、強く動作を念じ、インテンション・コマンドで〈究極戦機〉を振り向かせた。過負荷防止機能によってフリーズしていた両腕と両脚が瞬時にリリースされ、ひん曲がった鉄骨を蹴るようにして機体が右後方を振り向く。

同時に、

「ヘッジホグ、正面照準っ」

ピッ

▼No.3 FCAI : HEADGEHOG ARM

来た。

瞬時に突き出された右腕の手首に、覆いかぶさるように頭上から遅いかかる巨大な黒い蠅。

ブォオオッ

羽音が聞こえるような気がした。

摑みかかる六本の脚——

ピピッ

▼LOCKED

だが今回は、さっきより一瞬、忍のほうが速い。

「二度も、その手に乗るかっ」

忍は息を吸い込み、叫んだ。

「ヘッジホグ発射《フォックス・スリー》！」

▼FIRE

**●宇宙空間　木星船**

巨大なトラス構造の内側、鉄骨に足を取られた形の白銀の女神像へ、黒い蠅の親玉《おやだま》は背後の上方から襲いかかろうとしたが。

六本脚が摑みかかろうとする直前で、振り向いた女神像が右腕を突き出し、その手首から一筋の閃光を放った。

チカッ

三重水素プラズマのビームは周囲を真昼のように明るくし、覆いかぶさり襲いかかろうとした黒い巨体の中央部に命中し、瞬時に向こう側へ突き抜けた。
カッ！
黒い巨大な蠅は、何が起きたのかわからなかっただろう、そのまま針で突かれた風船のように一瞬膨脹すると爆砕し、その場で八方へ飛び散った。
球状に爆散する体液と残骸が、トラス構造内側の空間をなぎ払い、数百の繭のような物体を吹き飛ばしたが。
衝撃波が吹き過ぎると、いったいどこに隠れていたのか、トラス構造の陰の暗がりという暗がりから黒いものがむく、むく、むくっと起き上がった。
ブン
それらは、たった今爆砕された親玉ほどではないが、十分に巨大な黒い『蠅』の個体の群れだった。無数の青緑の複眼が、『頭上』に迫る地球の光を跳ね返し、ギラギラと光った。その数、数十――いや数百。
ブンッ
ブブンッ
ブンッ
数百の黒い蠅は、六本脚で歪んだ鉄骨を蹴ると、飛び上がった。トラス構造の中心でのけ反るように踏ん張っている白銀の女神像目がけ、一斉に襲いかかっていく。

# 4

## ●地球　東京湾上空

三時間後。

快晴の東京湾上空。

高度五〇〇〇フィート。

青い一機のAF2Bが、きらきら光る海面を下に、水平飛行している。

『ファルコン003、クリア・フォー・ビジュアルアプローチ、ランウェイ22。コンタクト、ハネダ・タワー。一一八・一』

右手が千葉《ちば》の工場地帯、前方が少しかすんで東京、そして左手遠くが、目指す羽田空港のはずだ。

館山《たてやま》沖からレーダー誘導をしてくれていた東京アプローチ・コントロールの管制官が、羽田——東京国際空港への有視界進入許可をくれた。

滑走路《ランウェイ》22へ有視界進入を許可。羽田管制塔へ一一八・一メガヘルツで通信設定《コンタクト》せよ、という管制指示が、睦月里緒菜のヘルメット・イヤフォンに響いた。

「ファルコン003、クリア・フォー・ビジュアルアプローチ。ええと――」

複座の後席は、今日は空《から》だ。

里緒菜はＡＦ２Ｂの操縦席で、左前方の景色を気にしながら酸素マスクのマイクに訊き返した。

「ええと、周波数いくつでしたっけ？」

『一一八・一』

「は、はい。すみません一一八・一。ファルコン003、コンタクト・タワー。グッデイ」

『グッデイ《グッデイ》』

いい日和なのはいいけれど――

どこだ、目印の観覧車《かんらんしゃ》は……？

「――あっ、あったあった。資料のとおりだわ」

浜松基地を出てから、駿河《するが》湾、伊豆《いず》半島、相模《さがみ》湾と有視界飛行方式で勝手に飛んできたのだが。

東京湾に入ると、羽田に離発着する民間旅客機が多いので、海軍機も管制機関のコントロール下に入る決まりだった。東京アプローチ・コントロールが、館山沖に接近する里緒菜のAF2Bをレーダーで見つけてくれて、そこからは針路と高度を全部指示されながら飛んだ。

房総《ぼうそう》半島の内房《うちぼう》の海岸線沿いに北上し、アクアラインを飛び越して、幕張《まくはり》メッセの上あたりまで来ると。もう左前方遠くに『目視目標』であるお台場パレットタウンの観覧車が見えてくる。

里緒菜は、東京上空を自分で飛ぶのなんてもちろん初めてだったが。数日前に水無月忍が、先輩から資料《アンチョコ》を手に入れてくれていた。

それによると、羽田の滑走路22へ有視界で着陸するには、まずお台場《だいば》の観覧車を見つければいい、と書いてあった。羽田には滑走路が四本あって、海上からまっすぐ進入できる滑走路が34L《レフト》と34R《ライト》がいちばん簡単だが、運悪く南風が吹いて滑走路22に当たってしまったら、滑走路22は埋立地《うめたてち》の構造物に紛れて上空からよく見えないから、とりあえず観覧車を見つけてまっすぐ進め。観覧車に向かっていれば滑走路へ向かっているようにレーダー上では見えるから管制官は安心する。その間に一生懸命、目で滑走路を探せ、必ずなんとかなる――そう書いてあった。

（必ずなんとかなる――って、大丈夫かなぁ……）

忍がいてくれたらなぁ。

結局、朝になっても同室の忍は帰ってこなくて、里緒菜にはどこへ行ったのかもわからない。

教官の森高中尉も姿が見えない。仕方がないから、自分一人で航法訓練の支度《したく》をして、基地のベースオペレーションに飛行計画を提出して、燃料搭載の終わった機体の外部点検をして、乗り込んでエンジンをかけて出発をしたのだった。

忍が先輩から仕入れてきてくれた情報のとおり、機関砲の弾倉は搭載しないので、そのスペースの蓋《ふた》を開けて、中にザックを入れさせてもらった。ザックの中身は着替えのリクルート・スーツと、黒のパンプスだったが「向こうで昼食をする時の着替えです」と言ったら、整備員には文句を言われなかった。そういうことをやるパイロットは、結構多いらしい。

その代わり、左右の翼端には一発ずつのＡＡＭ３熱線追尾ミサイルを装着させられた。航法訓練で遠くへ飛ぶので、主翼内はもちろん、胴体内燃料タンクもフルになる。重心位置が前方へ行ってしまうから、重量バランスのために、翼端にミサイルを重しとしてつけておく必要があるのだった。整備班長から「安全ピンはつけたままにしておくから、心配するな」と言われた。「それから、整備班のみんなに雷《かみなり》おこしを買ってこいよ」

浜松基地の整備班の隊員たちも、姿の見えない水無月忍や森高美月が、今どこで何をしているのか、知らない様子だった。

「観覧車に向かって行ったら、左前方に滑走路――左前方、左前方……。あー、あったあった、わかりにくいなぁ」

里緒菜は右手に握ったサイド・スティックで、複座のファルコンJを埋立地の中の滑走路へ進入《ライン・アップ》させると、下げ翼《フラップ》を出し、着陸脚《ランディング・ギア》を下げ、左手のスロットルで単発エンジンの推力をしぼって、機体を進入降下に入れた。

「えーと。フラップ忘れてない、着陸脚忘れてない、アレスティング・フックは今日は必要ない」

## ●羽田空港　管制塔

「ファルコン003、滑走路22《ランウェイツーツー》へ着陸を許可《クリア・トゥ・ランド》。風向《ウインド》二二〇度、風速七ノット《ツーツーゼロ・ディグリーズ・アット・セブンノッツ》」

『ファ、ファルコン003、ラジャー。クリア・トゥ・ランド』

「海軍機が来ます」

高さ四〇〇フィート（一二〇メートル）の羽田空港管制塔の最上階。

見晴らしの良いパノラミック・ウインドーの一方を、飛行場管制担当の管制官が指した。

ちょうど東京タワーを背にする角度で、小さな青色の機体が、南西向きに回り込むように滑走路22へ進入してくる。

管制官たちは、交信用のレシーバーを頭につけ、周囲の空を見ながら立ったまま管制業務をする。

「あれは〈ファルコンJ〉です。最新鋭ですね」

「どれどれ」

スーパーバイザーをしている主任管制官が、双眼鏡を取った。

「ほう、本当だ。しかもパイロットは女の子か」

〈ファルコンJ〉の操縦者は、訓練生らしいが、まるで女子大生か若いOLが操縦しているような普通の女の子の声だった。

管制官たちが注目する中、青い単発・中翼の〈ファルコンJ〉は、滑走路22の白い接地帯標識の真ん中に煙を上げて着地《タッチダウン》した。

「おお」

「なかなか、うまいじゃないか」

## ●滑走路上　ファルコンJ

キュンッ
「わっ、まずった……！　こんな接地じゃ、教官にどやされちゃうよ——っとっとっと」

キュキュキュキュッ
接地した主車輪にブレーキをかけ、つんのめるように止まろうとする機体のコクピットで、里緒菜はひやりとした。

今の接地は、滑走路上の自分で狙ったポイントから、五メートルも前方へ伸びたのだった。

民間機だったら、なんの問題もない『うまい着陸』だったろうが——

しかし、これが空母の上だったら、アレスティング・ケーブルをヒットできずにあんたは海へ落っこちた——森高美月が後席にいたら、そう怒鳴っただろう。

今日は教官なしで、よかったよかった……。

とりあえず着陸したことにほっとしたが。今度は、浜松基地と全然違って、滑走路の左右に誘導路が無茶苦茶たくさんある。

うわ、いったいどれに入ればいいんだ……!?

「ハネダ・タワー、すいませんファルコン003ですけど、海上保安庁駐機地域はどっちでしょうか」

## ●羽田空港　海上保安庁ランプ

キィイイン――

さんざん迷った末、国際線ターミナルと滑走路を挟んで反対側にある海上保安庁専用ランプにたどり着くと、里緒菜はまだ使われているYS11の隣に〈ファルコンJ〉を停止させ、エンジンを切った。

ヒュゥウン

単発のGE／IHI・F110エンジンが燃料をカットされ、燃焼を止めるのももどかしく、複座のコクピットから立ち上がる。

（ええと、時間――）

飛行服の袖《そで》をめくり、海軍が支給してくれたロレックスGMTマスターを見やると、浜松基地を出発してから一時間半たっている。

「げっ」

浜松から羽田への飛行そのものは四十五分だったが、羽田に着陸してから誘導路で迷って、あっちこっち行っているうちに四十五分もたってしまった。

「いけない、面接が始まっちゃう」

乗降ステップをつけてくれた海保の整備員に礼を言い、たったっ、と飛び降りると、機関砲の弾倉カバーを開けてザックをひっぱり出した。ヘルメットとザックを両腕に抱え、オレンジ色の出動服を着たレスキュー隊員たちがラジオ体操をしている横を走って、格納庫のオフィスへ向かった。金網のフェンスの向こうで、カメラを手にした飛行機マニアたちが驚いて一斉にレンズを向ける。

「すげえ」

「すげえ、〈ファルコンJ〉だぞっ」

「あのナンバーは、〈究極戦機〉の随行支援機《サポート・ファイター》だ」

「何をしにきたのかな」

まさかAF2Bの搭乗員が短大を出たての元女子大生で、野外航法訓練にかこつけてキャビンアテンダントの採用面接を受けにきた——などとは想像もできないマニアたちは、機体を指して興奮した声で話し合った。

「すみません、控え室を貸してくださいっ」

里緒菜は、海保の職員に頼んで格納庫オフィスの控え室を貸してもらうと、急いで飛行服を脱いで、白いブラウスと紺色のリクルート・スーツに着替えた。足元は編み上げの飛行ブーツを脱いで、ストッキングとパンプスに履き替える。

「わぁ、時間、時間」

ネットで申し込んだ『面接エントリー・シート』を入れた紙袋を抱くと、海保のオフィスを飛び出して表通りに出た。

幸い、採用試験の一次面接の会場に指定されていたのは、東京モノレールの整備《せいび》場駅《じょうえき》から徒歩三分の場所にある太平洋航空の本社ビルだ。海保の格納庫から、すぐそこだ。

快晴の空の下を駆けていくと、同じ採用試験を受けるのだろう、モノレールの駅の階段を下りて、里緒菜と似たようなリクルート・スタイルの女の子たちが大勢歩いている。

里緒菜はたちまち、その列の中へ紛れ込んだ。

「里緒菜。里緒菜じゃない」

背中から、声をかけられた。

「間に合ったんだね、良かった」

「えっ」

驚いて振り向くと。

「満里奈《まりな》……!?」

昨日、電話をくれた短大の同級生だ。

やはり里緒菜と似た紺色のスーツ。

「わぁ、久しぶり」

「間に合ったんだ。静岡から、どうやって来たの」

「あぁ、飛行――いやその、新幹線。朝一番の」

まさか、最新鋭戦闘機を自分で操縦して来た――なんて言えはしない。

国防総省も、数カ月前に宇宙怪獣の脅威から地球を救った〈究極戦機〉の存在は国民に知らせていたが。そのマシンに誰が乗っているのか、性能はどのようなものかという機密については、明らかにしていない。

当然、睦月里緒菜が随行支援戦闘機《サポート・ファイター》のパイロット候補であることも、一般には秘密だ。

**●羽田空港　太平洋航空　本社ビル**

ざわざわざわ
(――うわ)

航空会社の客室乗務員《CA》の採用は、不況のせいで、今年は太平洋航空一社が〈新卒緊急募集〉を行うだけだ。

真新しいガラス張りの太平洋航空本社ビルに着くと。周囲を何重にも取り巻いて、採用試験の一次面接を受ける女子大生たちが行列をつくっていた。

ざわざわ
（うわぁ、こんなに受けるのか……）

里緒菜は紙袋を抱えて、まるで海外アーティストの武道館《ぶどうかん》公演が始まる前みたいな入場待ちの行列を見渡した。

「すごいねぇ、人数」

同級生の満里奈が、声を上げる。

「う、うん。すごいね」

里緒菜はうなずく。やっぱりＣＡの試験って、人気があって、受ける人が多いんだ……。

『はい、並んでください』

『受験者の皆さんは、面接会場が開いたら、列に従って順序よく進んでください』

ハンドスピーカーを手にした男性職員が、早くも汗だくで列を整理している。

これは、しばらく外で待たされそうだな……。

（でも浜松には、夕方までに帰投すればいいんだし――試験には間に合ったから、いいか）

里緒菜は、待ち時間に時事問題のおさらいでもしよう、と思った。スーツの上着のポケットから携帯を取り出した。

同じことを、みんな考えるらしい。ずらりと行列に並んだ女子大生たちは、各々《おのおの》、携帯を取り出すと画面を開いて眺め始めた。

〈異変〉が起きたのは、その時だった。

## ●永田町　首相官邸

「国民への発表は、やはりしないわけにはいかないな」

官邸の会見室へ急ぎながら、木谷信一郎は、両脇に続く迎秘書官と波頭中佐に言った。

「円相場と株価に影響するから、大気圏外で始末をしてほしかったが――〈究極戦機〉とは、まだ連絡が取れないのか？」

「はっ」

ノートＰＣを抱えて左横に従いながら、徹夜明けの赤い目で、波頭はうなずく。

「一時はデータリンクが回復し、木星船上でベルゼブブの大群と戦闘に入るところまでは、〈大和〉でモニターできたのですが……」

「ベルゼブブ、か」

「は」

波頭は、現在わかっていることをかいつまんで説明する。

「軌道上のレーダー衛星の観測によりますと。木星船本体は大気圏に突入せず、軌道を曲げて、宇宙へ飛び去りました。おそらく水無月忍が〈究極戦機〉で、押し出してくれたのです。しかしデータリンクはふたたび途絶し、UFC1001は現在、所在不明です。ベルゼブブの群れも、完全に退治された確証はありません。木星船本体からこぼれたと見られる〈繭状の物体〉が数十個、地球大気圏へ突入していくのが観測されております。それがまずいことに」

「まずいことに?」

「なぜか、〈繭〉の群れは、わが西日本の東海沿岸から関東にかけて落下する軌道なのです」

「むう。古怒田博士の『観測』では、〈繭〉は摩擦熱で燃え尽きるどころか、逆に孵《ふ》化《か》する可能性があるのだと……?」

「孵化ではなく、羽化《うか》、あるいは変態ですが」

「総理」

迎秘書官も、横から言う。

「陸軍研究所の古怒田博士にも、映像回線を通して会見してもらえるようにしてあります」

「古怒田博士か――」

木谷は、だが困った表情になる。

「ほかに、誰か学者はおらんのかな」

「しかし。怪獣が木星船に取りついて、地球へ来襲してくることをいち早く警告してくれました。ベゼルブブの、今のところ第一人者です」

「ベルゼブブだよ」

波頭が言う。

「俺も、間違って怒られた」

「だがなぁ」木谷は頭を掻く。「もっとその、国民に不安を与えないような、当たり障《さわ》りのないことを言ってくれる怪獣専門の御用学者はいないのか?」


その時。

波頭の上着の内ポケットで、携帯が振動した。

「――波頭だ」

歩きながら、応えると。

次の瞬間、波頭の顔色が変わった。

「何⁉」

●浜松基地　エプロン

ウゥウウウウウッ――――!

帝国海軍浜松基地は、基本的にパイロットの養成をする訓練基地なので、突然の領空侵犯に対抗する警戒待機《アラート》などの任務はない。スクランブル機も、ここには配置されていない。

しかし今は、空母〈翔鶴〉のF18飛行隊が〈巡回訓練〉の名目で列線《エプロン》を間借りしていて、臨時の戦力となっていた。その〈翔鶴〉飛行隊に、緊急出撃命令が出された。

ウゥウウウウッ――――!

東日本共和国との冷戦時代に設置された古い〈空襲警報〉サイレンが、割れた大音響でエプロンに響き渡った。

「――何⁉　上がっていって、何を墜《お》とせだと」

ジープの荷台に飛行隊のパイロット三名でしがみつき、司令部前エプロンへ運ばれていく途中で、隊長の鷲頭少佐が携帯電話に訊き返した。

アラートをしていたわけではない。午前中の訓練の講評をブリーフィング・ルームでしていたところを『ただちに装具をつけて再搭乗、発進せよ』と命じられたのだ。上空へ上がって何をするかは、エンジンスタート中に電話で知らせる、という。

無茶苦茶な発進命令だ……！

「……何。蝿？　蝿と言ったのか？　よく聞こえんぞっ」

**●東京　六本木　国防総省**

地下六階。統合防衛指令室。

ざわざわざわざわ
騒然とした空気の中、峰剛之介がトップダイアスの統幕議長席に着くと。

ちょうど劇場のような正面の大スクリーンに、日本列島とその周辺空域の大CG画像が映し出されるところだった。

紀伊半島《きいはんとう》のやや南、太平洋上に重なる高高度に、無数のオレンジ色の小さな三角形が出現した。

「目標を確認。大気圏外から降下してきたベゼルブブの〈繭〉は、全部で六〇個体。駿河湾上空のE767が、確認しましたっ」

若い要撃管制官が、耳につけたヘッドセットを押さえて叫ぶ。

「落ち着け東海《とうかい》セクター。ベルゼブブだ」

先任要撃管制士官が、指令画面をマウスで操作しながら言う。

「紀伊半島沖に、ちょうど〈大和〉と〈摩耶〉がいる。弾道ミサイル迎撃用のSM3で、ただちに迎撃可能です、議長」

「うむ」

峰は、うなずいた。

「ただちに全力、迎撃せよ」

「はっ。戦艦〈大和〉、巡洋艦〈摩耶〉、ただちにSM3を全力発射、ベゼ――ベルゼブブの〈繭〉を迎撃せよ。繰り返す、SM3全力発射――ったく、ややこしい名前つけやがって」

続いて

「議長、浜松基地の〈翔鶴〉飛行隊、緊急出撃準備完了です」

飛行隊運用士官が、振り向いて峰に報告した。

「F18ホーネット二十八機、ただちに全機出撃。ミサイルの撃ち漏らした〈繭〉を、迎撃します」

「ほかの基地の飛行隊は」

「はっ。各空軍、海軍の基地より、発進できるスクランブル機はすべて発進していますが、ベゼ——ベルゼブブの〈繭〉の東海・関東地方への落下には、間に合いません」

「ううむ」

峰は唸った。

「先任管制士官」

「は」

「とりあえず怪獣の呼称は、〈蠅怪獣〉でよい」

「はっ」

## ●羽田空港　太平洋航空　本社ビル

ウゥウウウウッ——

里緒菜が列に並んで携帯の画面を眺めていると。

遠くにそびえて見える空港の管制塔のほうから、古めかしいサイレンの音が聞こえてきた。

（……？）

なんだろう。

里緒菜は、顔を上げた。

快晴の空に、古いサイレンの響きが、ひどくゆっくりした間を置いて鳴り渡る。

ウゥウウウ――

# 5

## ●紀伊半島沖　洋上　戦艦〈大和〉

「大気圏外からの再突入体を探知。総数、六〇」

〈大和〉艦内・中央情報作戦室《CIC》。

暗がりに、画面のずらりと並ぶ迎撃管制席に着く管制員たちは、西日本帝国領土が万一、他国から弾道ミサイル攻撃を受けた事態に対応できるよう訓練を積んでいた。

〈大和〉の装備するSPY―1D位相配列《フェーズドアレイ》レーダーも、弾道ミサイル迎撃に対応可能だ。高空の多数目標を一度に補足し、SM3対空迎撃ミサイルを向かわせることができる。

「軌道を確認」

「このままでは、東海沿岸に落下しますっ」

大気圏外から、ほぼ垂直に近い角度で襲ってくる〈小物体〉の群れは、訓練でいつもシミュレーションしている『仮想敵国の弾道ミサイル弾頭』によく似ていた。

「あわてない。小物体といっても、中距離核ＳＳ20の弾道よりずっと大きいわ」

攻撃管制士官席の川村万梨子《かわむらまりこ》が、努めて低い声を出し、管制員たちを落ち着かせようとした。

「いつもどおりに追尾、ロックして発射」

「はっ」

「はっ」

バクンッ
洋上を進む〈大和〉の艦首・艦尾の甲板上に設置された、板チョコのような垂直発射器《VLS》の蓋が片端から跳ね上がるように開いていく。
バクン
バク
バク
間髪《かんはつ》を容《い》れず、ずらり並んだ発射セルが真っ白い煙を噴き、尖った物体を頭上へ吐き出した。
対空迎撃ミサイルＳＭ３だ。
バシュ

バシュバシュッ
バシュ
惜しげもなく連続発射されるミサイルの噴煙で、巨大な〈大和〉の艦体が、たちまち煙幕に包まれたようになる。
続いて、並行して海面上を進むイージス巡洋艦〈摩耶〉の前甲板からも、発射の噴煙。
はるか上空へ、天に向かってさかのぼる滝のように、白い噴煙の束が伸びていく。

**●遠州灘　上空　E767早期警戒管制機**

「〈大和〉のミサイルが、目標物体群へ向かいます。会合まで三秒、二、一——」

E767のレーダー監視席では、高空から落下してくる六〇個の〈目標〉に対して、〈大和〉と〈摩耶〉の打ち上げたSM3が襲いかかっていく様子が画面に映し出されていた。

「——命中しました。〈目標〉の数が減ります」

## ●六本木　国防総省　統合指令室

「〈大和〉、〈摩耶〉の迎撃ミサイルにより、目標の数は半減。ただいま二四個――いえ二五個」

　統合指令室の大スクリーンにも、オレンジ色の三角形の群れが息をつくように明滅して、一気に数を減らす様子が映し出された。

「ミサイル、第二波を撃て」

　統幕議長席から、峰が命じるが。

「議長。〈大和〉、〈摩耶〉はＳＭ３を撃ち尽くしました。迎撃ミサイルは、もうありません」

　担当管制官が、振り向いて報告した。

「両艦から合計一二〇発を打ち上げて、命中したのが三五発です」

「なんだと」

「目標の軌道、速度が変わりますっ」

　東海セクター担当の要撃管制官が声を上げた。

「高度一〇キロ――三万フィート付近で、目標群は急に減速。弾道落下軌道から――なんだこれは……!?　亜音速で水平飛行を始めたぞ」

## ●遠州灘　上空　E767

「目標の群れが、弾道落下をやめ、高度三万フィートでふたつに分離。亜音速の水平飛行で別々の方向へ向かい始めた」

E767が背中で回転させているパルス・ドップラーレーダーが、高空から落下してきた〈目標〉の群れの動きを刻々と映し出す。

レーダー監視席の機上管制員は、その動きに目を見開いた。

「分かれた一群は——進行方向を曲げ、紀伊半島沖の洋上へ向かいます。これは……」

「どうした」

要撃管制士官が、後ろから画面を覗き込んだ。

弾道ミサイルの再突入体のように見えていた〈目標〉の群れは、高度一〇キロ——三万フィート付近で急に亜音速まで減速し、航空機のように水平飛行を始めた。

二五個の群れが、ほぼ半数ずつに分かれる。

「先任。これらの群れは、〈大和〉と〈摩耶〉のいる方角へ向かいます」

「SM3を発射した、〈大和〉の方角か」

「はい」

「まさか、自分たちにミサイルを撃った戦艦のいる位置が、わかるわけではあるまい」

「いえ、しかし」

　機上管制員は、水平飛行を始めた『群れ』の動きに、眉をひそめる。

「この動きは――まるで〈大和〉の出すＳＭ３の誘導管制電波を、逆にたどっているかのようです」

「なんだと？」

「あっ、待ってください。こちらのもうひとつの群れは――うっ」

「どうした？」

「こ、こっちへ来ます」

## ●羽田空港　太平洋航空本社ビル

『皆さん、ただちに建物の中へ入ってください』

『一階ロビーの中へ、退避してくださいっ』

　ハンドスピーカーを手にした職員が、ガラス張りの航空会社の本社ビルを取り巻いて行列している女子大生たちに告げて回った。

『中へ退避してください。当局から、〈緊急屋内退避指示〉が出されました』

『列に従って、早く』

ウゥウウウゥッ――

管制塔の方角から、サイレンの音は続いている。

何が起きたのだろう――？

採用試験を受けにきた女子大生たちは、東日本共和国との冷戦時代に配備された〈空襲警報〉の音に『何？』『なんなの？』という顔をしながら、職員に促されてビルの一階ロビーへ入っていく。

ぞろぞろぞろ
『早く』

『早く。中に入ったら詰めて』

ウゥウウウ――

（――どうしたんだろう……？）

睦月里緒菜も、列に従いながら空を見上げた。今のところ、何事もない快晴の空だが……。

## ●永田町　首相官邸

『電磁波を出してはならん』

波頭の携帯で、しわがれた声が叫んだ。

古怒田博士だ。

陸軍秘密研究所で、会見に備えているはずの古怒田が、また波頭の携帯に警告をしてきたのだ。

陸軍研究所も国防総省の施設だから、怪獣迎撃の情況は、データリンクで見られるはずだった。

『こっちでも迎撃の情況は見ておる。やはりベルゼブブは、高度一〇キロあたりで一斉に羽化したぞ』

「〈繭〉から、蠅の怪獣に変態したのですか？」

ぞっとしない。

波頭は、〈大和〉のＵＦＣコントロールセンターがデータリンクで受信した『〈究極戦機〉にしがみつく怪獣』の画像を、さっきＰＣで見たばかりだ。

『そうだ中佐。この動きは、そうとしか考えられん。やつらは羽化したばかりで腹を減らし、〈獲物〉のにおいを求めて群れで飛んでいくぞ。電磁波を一切、出してはならん』

「――」

〈獲物〉……。

波頭は、携帯を手にしたまま絶句する。

波頭の目の前では、会見室に国旗とテーブルがセットされ、木谷首相がテレビカメラに向かって〈全国民へのメッセージ〉を発表するところだ。

「――でも、電磁波を出しちゃいかんって……」

## ●国防総省　統合指令室

「〈大和〉に引きつけさせろ」

波頭から緊急に連絡を受けた峰が、指令室の大スクリーンを見やりながら命じた。

日本列島の南岸を拡大したCGスクリーンでは、ふたつに分かれたオレンジ色の三角形の群れのひとつがジリ、ジリと左斜め下――紀伊半島沖にいる戦艦〈大和〉の船形のシンボルへ近づいていく。

「蝿怪獣は、電磁波に引きつけられる性質らしい。〈大和〉の対空レーダーを止めるな。逆にすべてのレーダーをフルに働かせ、怪獣の群れを引きつけて、主砲の対空三式弾と高角砲で撃滅させるのだ」

「はっ」

「はっ」

「ぎ、議長っ」

東海セクターの管制官が叫んだ。

「大変です。遠州灘のＥ767が、もうひとつの群れに襲われましたっ」

「なんだと」

「浜松基地のホーネット隊が、現在急行中です」

## ●遠州灘　上空　Ｆ18編隊

『うぎゃああーっ』

悲鳴とともに、交信が途切れた。

浜松基地を飛び立ったところで、『巨大な蝿の群れが襲撃、救援を請《こ》う』という、訳のわからない緊急通信を受けた空母〈翔鶴〉所属のＦ／Ａ18Ｊホーネット隊二十八機は、洋上へ急行したが。

駆けつけた時には、遅かった。

「な、なんだこれは……⁉」

先頭の1番機を駆る鷲頭少佐は、ＡＰＧ65索敵レーダーのディスプレー画面に表示される未確認目標の動きに、目を見張った。

十三個、表示されているが──

「真ん中のターゲットに、くっついていくぞ？」

十三個のターゲット（レーダーに表示される反応）が、中央に見える大きなターゲットに向かって集まると、次々にくっついていくのだ。

まるで団子《だんご》のように、膨れていく。

中央のターゲットは、敵味方識別信号を出している。味方のＥ767らしいが──

Ｆ18編隊が急行していくと、やがてその様子が水平線のやや上に、目視で見えてきた。

「な……」

鷲頭は、酸素マスクの中で息を呑んだ。

高度三万フィート。

見えてきた。

「……なんだ、あれは」

Ｅ767がいた。
太い胴体を持つ、全長五〇メートル近い双発《そうはつ》の早期空中警戒管制機《AWACS》が、十数匹の黒い巨大な『蠅』にたかられ、宙に浮いていた。エンジンがまだ回っているのか、定かではない。確かなのは、そのあさってを向いた機体の姿勢から、すでに主翼の揚力で飛んでいるのではなく、たかっている『蠅』の羽ばたきによって空中に浮かんでいるだけのようだった。

「……！」

まるで、黒い団子が浮いているようだ……！

キュンッ

たちまち、すれ違った。

すれ違いざまに振り向いて見やると、数匹の『蠅』がコクピットの窓や胴体へ口吻を突っ込み、何かをしている。

「おい、聞こえるかっ」

鷲頭は振り向きながら、Ｅ767を呼んだ。

「誰か、生きてたら応答しろっ」

機体を急旋回に入れ、黒い蠅にたかられる早期空中警戒管制機を呼んだが。

さっきの乗員の悲鳴が最後か、もう呼びかけても応答はない。

ブンッ

そのうちに、次々とすれ違う地球の戦闘機を『電磁波を出す宇宙生命体』と認識したか、E767にたかっていたベルゼブブたちは食べ終えた〈餌〉のカスを放り出し、次々に新しい〈獲物〉へと向かった。

ブン

ブンッ

## ●羽田　太平洋航空本社ビル

『国民の皆さん』

航空会社の本社ビルの一階ロビーは、外で行列をしていた女子大生たちが全員誘導されて入ってきたので、すし詰め状態だった。

〈緊急屋内退避指示〉が出た、と職員は言う。

（なんだろう……）

ロビーに設置された大画面のテレビで、〈緊急政府公報〉というテロップとともに、木谷首相の上半身がアップにされた。

首相官邸からの、生中継らしい。

『西日本帝国、国民の皆さん。内閣総理大臣の木谷信一郎です。私は皆さんに、これから重大な発表をしなくてはなりません。どうか落ち着いて、冷静に聞いてください』

なんだろう。

急に、建物の中へ退避しろ、だなんて──

里緒菜は、周りのみんなと一緒に、横長のテレビ画面に注目した。

『皆さん、宇宙から、また怪獣が襲来しました』

## ●羽田空港　管制塔

「無理だ」

主任管制官は、唸った。

「今すぐすべてのレーダーと無線通信を止めろ──って、そんなことできるわけないだろう⁉」

「し、しかし」

緊急電話を握った若い管制官が、困惑する。

「当局から、そのような命令です。宇宙から来襲した怪獣が、電磁波に引きつけられて来るからと」

「ばか、これを見ろ」

管制塔にも、進入管制レーダーのリピーター画面が設置され、東京アプローチ・コントロールのレーダー誘導によって羽田へ接近してくる旅客機の群れが表示されている。

「レーダー誘導で、今、二方向から三十機以上が進入中なんだぞ。いきなり誘導も交信も止めたら、いったいどうなるんだ⁉」

●太平洋航空本社ビル

『落ち着いてください。ベルゼブブと呼ばれる今度の怪獣は、前回のガーゴイルほど強くはありません。熱光線も吐きません。ただし、ある帯域の電磁波を〈獲物〉のにおいと勘違いして、群れをなして襲ってくる可能性があります。どんな種類の電磁波に引きつけられるのかは、まだわかっていません。とりあえず、皆さんの携帯電話をすべてOFFにして下さい。現在、軍が全力を挙げて――』

携帯の、電磁波に引きつけられて襲ってくる？

「……」

「……」

女子大生たちは、すぐには信じられないように、自分たちの手の中の携帯を見た。

里緒菜も、携帯のスイッチをとりあえずＯＦＦにした。

でも――

（怪獣……）

そうだ。

ひょっとして、忍は――

はっ、と気づいて、ロビーの大きなウインドーから空を見ようとする里緒菜の横を、職員たちが急いで通る。

「電磁波を出すなって」

「無理だろう、羽田は」

「面接は、どうなるんだ」

「今、協議中だ」

「怪獣がここを襲ってきたら、採用面接どころじゃないだろう」

『皆さん、落ち着いてください。ただいま入った情報によると、わが海軍の戦艦〈大和〉が放った迎撃ミサイルによって、怪獣の群れの半分以上を叩き落としました。また、首都圏に向かうと見られていたひとつの群れについては、現在、浜松基地から飛び立った海軍のF18戦闘機隊が、これらを殲滅《せんめつ》するため攻撃中であり――』

木谷首相が、なるべく国民を安心させようと、意識して話しているらしいのが里緒菜にもわかった。しかし、首相は国民を安心させたいなら、どうして〈究極戦機〉の活躍を言わないのだろう……？

軍隊が今、交戦中……？

怪獣が来襲するとわかったら、真っ先に出動して向かうのは、〈究極戦機〉のはずだ。

（……忍は、どうしたんだろう。昨夜いきなり呼ばれて、連れていかれて――）

**●国防総省　統合指令室**

「F18飛行隊、全滅ですっ」

「何っ」

管制官の報告に、峰は唸った。

「ホーネット隊二十八機が、やられたというのか」

「はっ。しかし蠅怪獣も、格闘戦により五匹墜《お》としました。1番機の鷲頭少佐が、一人で三匹です」

見やると、正面の大スクリーンでは、八つに減ったオレンジ色の三角形が、移動を始める。

　方向は――東北東だ。

　E767が失われても、地上の各防空レーダーサイトが補完し合い、群れの追跡は続けられる。

「落下傘で飛び下り《ベイルアウト》して、助かった搭乗員がいるといいが……」

「議長。やはり八匹は、東京へ向かってきます」

　先任管制士官が振り向いて言った。

「防空レーダーサイトなどには、目もくれません。東京都市部の発する電磁波が、強いらしいです」

「むう」

　峰は、顔の前で手を組んだ。

　嗅ぎつけられたか。

　東京の電磁波を、全部止めろといったって――

　くそっ。

「先任士官。群れが来襲するまでの時間的余裕は」

　すでに政府によって、都民の屋内退避だけは実行されている。

　陸軍の防空部隊を緊急配置するか……？　今からでは、とても間に合わないだろうが、できることはやらなくては……。

「群れは、亜音速です。空軍横田《よこた》基地のF15部隊がようやく発進準備を完了、全機出撃します」

「間に合うか」

「止めてみせます」

**●群馬県　陸軍秘密研究所**

「一匹でも、東京へ入れてはならん」

古怒田博士は、電話に怒鳴った。

「入れてはならんぞ、中佐。東京の、広大な地下空間のどこかに、やつらが一匹でも入り込んだら。卵を産まれ、大繁殖をされる。もはや掃射するのは不可能になるぞ。そうなったら人類は終わりだ」

**●首相官邸**

「――と、博士がそのように言っています」

　波頭は固定式の黒電話（首相官邸に古くからある備品）から顔を上げ、木谷に言った。

　テレビカメラに向かって〈全国民へのメッセージ〉を呼びかけた木谷は、小休止して、椅子で汗を拭いている。国難に対処するのがまず第一だからと、報道陣への記者会見は待ってもらっている。

　今は、軍の迎撃戦の進捗《しんちょく》を待つしかない。

「総理。次は古怒田博士に映像回線を通じて会見してもらい、国民に怪獣の性質や危険性について、知らせたらどうでしょう」

「ううむ」

　木谷は腕組みをした。

「でも、国民に向かって『人類は終わりだ』とか言ったら、パニックになってしまう。もうちょっと柔らかくものが言える、怪獣専門の科学者はいないのか」

「残念ながら、いません」波頭は頭を振る。「怪獣を専門に研究したって、どこの企業や官庁からも研究費や補助金は出ないので、誰もやりたがらないのです。宇宙生物学の権威といったら、古怒田博士以上といえるのは葉狩真一だけです」

　波頭は、自分のノートPCを胸に抱くようにして、息をついた。

「いったい、葉狩博士はどこへ行ってしまったのだ」

# 6

## ●三浦《みうら》半島　上空

富士桜《ふじざくら》テレビのチャーターした報道ヘリ、川崎BK117は、三崎《みさき》漁港へ入港するマグロ漁船の空中取材を終え、帰投するところだった。

それが、突然の『宇宙怪獣襲来』の知らせに、急遽《きゅうきょ》、機首を反転させて洋上へカメラを向けた。

首都圏へ向かう群れを、浜松基地の海軍機が迎撃しているらしい。

「宇宙から来る怪獣って、どんなやつだ」

「わからん」

その頭上を、横田基地から発進した空軍のF15の編隊が追い越していく。

ズドドドドッ
ドドドドッ
イーグルの大編隊が、洋上へ向かっていく。

「空軍も、迎撃に行くぞ」

「何か撮れるかもしれん、追いかけろ」

## ●羽田空港　太平洋航空本社ビル

『〈緊急報道特番　宇宙怪獣ふたたび来襲！〉』

紅い墨汁《ぼくじゅう》で書きなぐったようなテロップが、横長のテレビ画面にばーん、と表れた。

当局から〈緊急屋内退避〉の指示が出されたままなので、太平洋航空本社ビルの一階ロビーには、女子大生たちがすし詰めで立ったまま退避させられていた。

面接試験など、もうストップしてしまっているのだろう、周囲では職員たちがあわただしく動き回っている。

（――）

里緒菜は、ロビーの大型テレビと、外の快晴の空を代わる代わる眺めた。

忍が、昨夜から帰ってこないのは……。

（――やっぱり、急に怪獣の迎撃にいかされたのかな。でも、さっきの首相の〈国民へのメッセージ〉で、〈究極戦機〉のことに何も触れなかったのは、どうしてなんだろう……？）

考えながら、里緒菜は自分の手のひらを見た。

操縦桿でついた、たこがある。

忍——

『——あぁっ、皆さん、ご覧くださいっ』

テレビが急に、大きな声でわめいた。

『これはライブ映像です。番組の取材ヘリはただいま、三浦半島の突端上空から、伊豆大島方面の空を撮影していますっ』

周囲の女子大生たちが、注目する。

「……!?」

里緒菜も目を上げた。

画面は、空中撮影の映像だ。

どこかの洋上か。

激しくぶれる望遠画像の中に、里緒菜は見覚えある機影を見つけた。

速い影。

F15……？　空軍機だ——

そう思う間もなく、フレームに映ったF15は、背後からぐわっ、と襲いかかった巨大な黒い何かに、摑み込まれてしまう。

（――な、何、あれ……⁉）

息を呑んだ。

巨大な、黒い『蠅』……？

普段の訓練で動体視力を鍛えている里緒菜には、その激しくぶれながら映り込んだ黒い影が『蠅』の形をしていることがわかった。

『く、空軍機がやられていますっ』

レポーターの切れ切れの声。

『ご覧になれますかっ、皆さん。東京湾の入り口ともいえるこの空域、大島《おおしま》上空で帝国空軍の戦闘機隊と謎の黒い飛行怪獣の、格闘戦ですっ――あぁっ』

悲鳴に近い声が、ロビーに響いた。

「――」

「――」

息を止めるようにして見上げる女子大生たち。

『ああ、またやられた。やられましたっ。いったいあの黒い怪獣は、何ものなのでしょう。いったいどこからやって――おいどうした、何？　こっちへ来る⁉　おいっ――』

ザザッ

いきなり画像がぶれると、テレビ画面が白くなってしまう。

「……」

里緒菜は、リクルート・スーツの肩で息をした。

怪獣が出たんだ……。

あの蝿の群れを、迎撃しようとして、忍は真っ先に出撃されて、そして——

「忍」

どこで、どうしているんだ。

無事なのだろうか。

忍の消息は……。

（……！）

はっ、と気づいた瞬間、里緒菜のパンプスの脚は床を蹴っていた。

「あ、里緒菜」

背中から、同級生が止める。

「どこへ行くの。退避していろって——」

「と、友達が心配なのっ」

それだけ言い残すと、人垣《ひとがき》を押しのけ、走った。

「どいて。どいてくださいっ」

「あ、君」

「君っ」

職員が止めるのにも耳を貸さず、回転ドアを押して、太平洋航空本社ビルの正面エントランスを飛び出した。

**●羽田整備地区　路上**

「はぁっ、はぁっ」

紺色のリクルート・スーツにパンプスで、里緒菜はモノレールの線路の下の道路を全力疾走した。

ひとつだけ、忍の消息を調べる方法がある――

「はぁっ、はぁっ、はぁっ」

忍……。

お願い、無事でいて。

## ●海上保安庁　羽田基地

「すいません、装具、返していただきますっ」

海保の格納庫オフィスへ駆け込むと、里緒菜は控え室に置かせてもらっていた飛行ヘルメットと飛行服などの装具一式を抱え、屋外ランプへ跳び出した。

エプロンに駐機しているＡＦ２Ｂ――複座の〈ファルコンＪ〉の機体へ、息を切らして走った。

「どうしました？」

海保の整備員が、驚いてあとから走ってくる。

怪獣襲来は知らされているから、緊急に招集がかかったとでも思ってくれたのだろう、里緒菜がステップを駆けのぼってコクピットへ飛び込むと、あとから上がってきて着席を手伝ってくれた。

リクルート・スーツのスカートにパンプスのままで、里緒菜は前席にどさっ、と収まる。

「あっ、いいの」

ストラップの装着を手伝ってくれようとする整備員に、手で断る。

「無線機を、使うだけです」

ヘルメットの内側にマイクとレシーバーがついているので、ヘルメットだけはかぶる。ジャックにコネクターを差し込む。

「ええと――」

通信パネル。

チャンネルを、〈UFC〉にセレクト――いやその前に、マスター・スイッチをONだ。

里緒菜のAF2Bは、〈ファルコンJ〉の複座タイプで、普段は訓練に使っているが、〈究極戦機〉の随行支援戦闘機《サポート・ファイター》としてもちゃんと登録されている。

随行支援戦闘機には、〈究極戦機〉UFC1001と、直接通信回線を開く装備がある。

「ええと、UFC1001、こちらファルコン003、聞こえますか」

マスターの電源スイッチを入れ、操縦席左脇のスロットルの後方にある通信パネルで、チャンネルを〈UFC〉に切り替えて呼びかけてみるが。

「UFC1001、こちらファルコン003。応答願います。どうぞ」

応答はない。

どうしよう――

「電波の状態が、悪いのかな……」

里緒菜は、ヘルメットだけをかぶった姿で、頭上を見上げる。

## ●六本木　統合指令室

「空軍F15飛行隊、全滅ですっ」

管制官のかすれた悲鳴のような声が、劇場のような地下空間に響いた。

全員の息を呑むような視線が、正面スクリーンに注がれる。

「落ち着け首都圏セクター。怪獣は、何匹残っているか?」

峰は腹に力を入れながら、若い管制官に訊いた。

ここで、取り乱してはいけない。

しかし、ついに怪獣を――ベルゼブブを帝都に入れてしまうのか……⁉

「議長、三匹です」

先任管制士官が、振り向いて報告する。

「F15飛行隊が、五匹墜としました。残り三匹、浦賀水道《うらがすいどう》上空へ侵入中。帝都へやってきます」

「上空の民間機は?」

「羽田へ進入予定の民間旅客機は、先ほど全機目的地を変更させ、首都圏上空より退避させました」

「よし」

峰はうなずいた。

「陸軍の防空部隊、攻撃ヘリ部隊をただちに展開させよ。対空ミサイルを使って構わん」

「議長、防空部隊の特殊車両は、甲州《こうしゅう》街道で渋滞に摑まりました。身動きが取れません」

「攻撃ヘリ部隊は現在、立川《たちかわ》より急行中。展開に、あと十分必要です」

「駄目です、怪獣三匹、東京湾へ侵入。間もなくやってきます！」

「く――」

なんということだ。

峰は唇を噛んだ。

このままでは――

さっきの波頭中佐の報告によると、怪獣は『繁殖力』が強いらしい。

帝都の中心部へ入り込まれたら。

例えば西東京の地下駅などは、構造は蟻の巣のようなものだ。下水、地下鉄、地下街、そういった場所に入り込まれ、卵を大量に産みつけられたら……

　その時、

「あっ」

　若い管制官が声を上げた。

「見てください、海軍機です！」


「何」

　峰は、正面スクリーンに目を上げる。

　見ると。

　羽田空港の上空あたりに、ぽつんとひとつ、緑色の三角形シンボルが表れている。

　味方機だ。

　なんだ――？

「あれは海軍の戦闘機です、議長」

　先任管制官が、識別コードを調べて言う。

「間違いありません、たった今、羽田空港から上がってきました」

「羽田から、海軍の戦闘機だと……？」

　戦闘機隊は、全滅したのではなかったのか。

「識別、ＡＦ２Ｂ。浜松基地所属。〈究極戦機〉の随行支援戦闘機《サポート・ファイター》ですっ」

「東京湾中央部へ向かいます。怪獣へ、まっすぐ向かっていきます」

「だが、たった一機で――」峰は唾《つば》を呑み込む。

「相手は、怪獣三匹だぞ」

## ●東京湾　上空

「こちらファルコン003、ＵＦＣ１００１、聞こえますかっ。応答してください」

里緒菜は、地上からでは通信電波が届かないのかもしれないと思い、とりあえず機体のエンジンをかけて、離陸した。

離陸許可は、必要なかった。羽田空港の管制官たちは、上空の民間機を首都圏から退避させたあと、管制塔から避難してしまったからだ。

飛行服やＧスーツを着け直している暇はなかったので、リクルート・スーツのスカートに、パンプスのままだ。ヘルメットだけはかぶっていた。

都市部の真上を戦闘機で飛ぶと、騒音問題で怒られるので、とりあえず機首を東京湾の中央へ向けたのだった。

まさか、さっきテレビの中継で見た黒い怪物の群れが、もう目の前に迫ってきているとは思っていなかった。

「忍、聞こえますか。聞こえたら返事をして」

**●六本木　統合指令室**

「海軍機が、怪獣三匹にまっすぐ向かいます」

「間もなく接触」

「ううむ――」

峰はスクリーンを見て、唸った。

「なんという命知らずの、度胸のあるパイロットだ」

**●東京湾　上空**

「おっかしいなぁ。忍、どこへ行ったんだろう?」

里緒菜は、五〇〇〇フィートで水平飛行させている〈ファルコンJ〉のコクピットで、息をついた。

忍、心配だな……。

ピッ
その時。

〈ファルコンＪ〉のＦＣＳ―Ｊ２火器管制レーダーが、前方に何かを探知した。

ピピッ
前方から、急速に何か近づいてくる。

なんだろう。

まさか……？

里緒菜は、スロットル・レバーの背面についた目標指示コントロール・スイッチを左手の中指で操作して、レーダー・ディスプレーに表れた三つの白い菱形のターゲットを、カーソルで挟んでクリックした。

ロックオン。

目標の飛行諸元が表示される。

（距離二〇マイル、接近相対速度八〇〇ノット――なんだこれは）

だが次の瞬間、ロックオンしたはずのターゲットが、激しく左右に運動すると、あっという間にレーダーの索敵レンジから外れて消えてしまった。

「な、なんだ……わっ⁉」

ブンッ
羽音のような響きを聞いた――と思うと。

コクピットの陽が陰った。

（……えっ⁉）

目を上げて里緒菜は息を呑む。

い、いつの間に真上に――⁉

巨大な黒い影――ＡＦ２戦闘機よりもひと回り大きな、丸っこい胴体と六本の脚。

青緑の複眼が、真上から覗き込むように里緒菜を見ていた。

「きゃ、きゃーっ！」

怪獣……⁉

里緒菜は反射的に、右手でサイド・スティック式操縦桿を前方へ倒すと、左手でスロットルをガチンッ、と全開した。

ぐんっ
複座の〈ファルコンＪ〉は機首を下げ、五〇〇〇フィート下の海面目がけてダイブした。身体が跳ね上がるようなマイナスＧ。

「ぎゃっ」

ヘルメットが浮いて髪の毛が逆立つ。里緒菜の視界が全部海面になり、アクアラインの水上道路が斜めになって猛烈な勢いで目の前に迫った。

き、気持ち悪い……！

マイナスGの急降下も気持ち悪かったが、里緒菜は虫が大嫌いだった。バックミラーに黒い巨大な蠅が、覆いかぶさるように迫る。追いついてくる。

「い、いやぁっ」

里緒菜は思わず、操縦桿を左横へこじって、パンプスの脚で左方向舵《ラダー》を踏んでいた。同時に操縦桿を手前へも引く。蠅から逃げたい、と思う一心で無意識にそうした。

ズグォッ
青い〈ファルコンJ〉は、木更津《きさらづ》沖の海面すれすれを、左回転《ロール》を打ちながら引き起こして急旋回した。左の翼端で白波をこすりそうになりながら、そのまま、アクアラインの橋の下を超低空で通り抜けた。

ブンッ
すぐ後ろを巨大な蠅が離れずについてきたが、蠅は、透明なキャノピーの中にいる美味しい〈餌〉に気を取られたか、その複眼ですぐ頭上を見ていなかった（ようだ）。

がんっ
音速近い速さで、ベルゼブブの一匹はアクアラインの水上橋に頭から激突し、ぐしゃっと潰れた。

キィイインッ

里緒菜は、後ろに構っている余裕などない。海面に足をこすりそうな超低空から機体を引き起こそうとするが。

ブンッ

もう一匹のベルゼブブが、真上から襲ってきた。

また陽が陰った。

「きゃ、きゃぁーっ」

里緒菜は悲鳴を上げ、また左へ急旋回。ラダーも踏んで、思いきり回った。

海面すれすれの景色がぐぐっ、と傾き、君津《きみつ》の京葉《けいよう》工業地帯のコンビナート群が眼前に迫る。

やばい、ぶつかるっ……。

ブンッ

だが真上に、執拗《しつよう》な動きで『蠅』が覆いかぶさる。左右に動きながらかぶさる。なんという機動力だ、戦闘機隊は、みんなこれでやられたのか……⁉

わぁっ、気持ち悪い。

里緒菜は機体を水平に戻し、高度を上げてコンビナートを避けたいが、蠅の六本脚に今にも摑まれる感じがして、操縦桿が引けない。

（このまま――あそこを通り抜けるしかないっ）

ドグォッ

青いＡＦ２Ｂが、そそり立つ二基の石油精製塔の幅二五メートルの隙間を、半分斜めになりながら通り抜けた。

ブンッ

ベルゼブブは、あと少しで地球人の戦闘機のキャノピーに口吻が届きそうだったので、今度も頭上を見るのを忘れた（たぶん）。

ぐがっ

二基の精製塔をてっぺんでつないでいる二本のパイプに、ベルゼブブは頭から激突し、パイプをへし折って通り抜けた。しかし複眼と、その上部に生えている角とアンテナ状の突起を潰され、急にコントロールを失ったようにクルクル回転すると、前方の石油タンクに頭から突っ込んだ。

ぐわしゃっ

かった。

「はぁっ、はぁっ、はぁっ」

里緒菜は、自分が何をしているのか、どこをどう飛んでいるのかさっぱりわからなかった。

ただ必死で、蝿から逃げていた。

ズグォオッ

ようやく、機体を引き起こして、高度を取った。

『駄目だっ』

その時、ヘルメットのレシーバーに声がした。

『高度を、上げちゃ駄目だ、里緒菜！』

「……えっ⁉」

ブォッ

背中がぞくっ、とした。

どこにいたのか、最後の一匹のベルゼブブが、引き起こして高度を取る〈ファルコンJ〉の背中に、軽々とかぶさってきた。

バサッ

うわっ、こ、こいつ、どこにいたんだ……⁉

里緒菜は反射的に操縦桿を押そうとしたが。

Gスーツを着けていない。それまでの機動Gで血液が下がり、強い眩暈《めまい》に襲われた。
「うっ、うぐっ」
くらっ、として一瞬、力が抜ける。
駄目だ、上も下もわからない。
今度は、まぐれでぶつける障害物もない。
ブンッ
六本の脚は、まるで手のようにぐわっ、と開き、青い戦闘機を背中から掴もうとする。
うわ、掴まれる……！
掴まれたら、ベイルアウトしても逃げられない――でも身体が動かない。
（……やられる）
だがその時。
ズバッ！
背後で、空気を切るようなすさまじい響きがしたと思うと。
黒い怪獣の胴体は、左右に真っぷたつに裂け、飛び散ってしまった。
『里緒菜、大丈夫⁉』

耳に、声がした。
『里緒菜っ』

# エピローグ

●館山沖《たてやま》　帝国海軍軽空母〈日向《ひゅうが》〉

二時間後。

横須賀を母港とする新鋭の軽空母〈日向〉は、戦艦〈大和〉を主軸とする特務艦隊に合流するため、浦賀水道を出て、館山沖を西へ向かっていた。

紀伊半島沖でベルゼブブの別の一群を撃滅した〈大和〉以下の艦隊は、しばらく同海域にとどまり、怪獣の死骸の処理などに当たることになっていた。

ヘリコプターとハリアーを運用するのが目的の、〈日向〉の短い飛行甲板には。現在は片膝をつく姿勢の白銀の女性型戦闘マシンと、青い複座の戦闘機が載っている。戦闘機のほうは、着艦してきたのではなく、女性型戦闘マシンが『抱いて持ってきた』のである。

「助かったわ、里緒菜」

飛行甲板下のデッキから、西日に染まる海を見やって、水無月忍が言った。

宇宙服は脱いで、借り物の艦内服姿だ。

さっきシャワーで洗った髪が、潮風になびいている。

「あなたの声で、目を覚ましたのよ。わたし」

「あたしこそ、助かったよ」

里緒菜も、隣で息をつく。

里緒菜は、飛行服を羽田の海保エプロンに放り出してきてしまったから、〈日向〉の女子用浴室でシャワーを使ったあとも、またリクルート・スーツだ。

「もう少しで、蠅に喰われるところだったよ」


二時間前。

東京湾上空で絶体絶命の危機におちいった里緒菜を救ったのは、〈究極戦機〉だった。

極超音速で海面すれすれを飛来した〈究極戦機〉は、スピアを使い、里緒菜の機に摑みかかる寸前の蠅怪獣を叩き斬ったのである。

里緒菜は、そのまま気を失ってしまったが。

戦闘形態の女性型戦闘マシンは、ベルゼブブの最後の一匹を片づけたのち、海面に落下しようとする里緒菜の機体をすかさず宙で受け止めてくれたのだ。

「木星船で、怪獣の群れと戦いながら、なんとかあの宇宙船本体を元来た空間へ押し出して――蹴飛ばして押し出して、そのまま大気圏へ再突入しながらわたしは気を失ってしまったわ。自分が房総《ぼうそう》の南の海面に落下したことも、気づいていなかった。海底でしばらく、意識を失ってた」

UFCコントロールセンターとのデータリンクが途絶してしまうと。〈究極戦機〉のベースとなっている星間飛翔体はもともと地球のレーダーには映らないので、人々は〈究極戦機〉と水無月忍がどこへいなくなったのか、その所在が摑めなくなってしまったのだ。

UFC1001が、すでに地球へ戻っていて、房総沖の海底に突き刺さって眠っているなどとは誰も想像していなかった。

「あなたが呼びかけてくれて。それで、目が覚めた。ありがとう里緒菜、心配してくれて」

「――」

礼を言われて、里緒菜はぽりぽりと頭を搔いた。

何か、照れくさい。

「でも」

忍は言う。

「台なしになっちゃったね。CAの試験」

「え」

里緒菜は、自分のリクルート・スーツの襟を思わず、という感じでつまんだ。

「知ってたの？　忍」

「うん」

元女優の宇宙パイロットは、横顔で笑った。

「知ってたよ。パイロット、どうしようかって悩んでるのも知ってた。でもね里緒菜。あなたは戻ったら教官から、きっとウイングマークもらえるよ」

「え？」

「だって。ファルコンで『怪獣二匹撃墜《スプラッシュ》』だもの」

「よしてよ」

「ウイングマーク取っても、まだＣＡやりたい？」

「う〜ん……」

里緒菜はまた、頭を掻く。

「……あの戦闘機を、もし本当に乗りこなせて、忍の僚機《ウイングマン》をやれるんなら……。あたしは、どこへも行かない。忍が心配だし」

「よく言う」

「だって」

二人は、笑った。

〈蠅魔王降臨！〉了

本書は、二〇一一年五月、朝日新聞出版から刊行された『スプラッシュ・ワン！　わたしのファルコン』を改題し、加筆・修正し、文庫化したものです。

本作品はフィクションであり、実在の個人・団体などとは一切関係がありません。

文芸社文庫

蠅魔王《ベルゼブブ》降臨！　新・天空の女王蜂Ⅳ

二〇一六年八月十五日　初版第一刷発行

著　者　夏見正隆
発行者　瓜谷綱延
発行所　株式会社　文芸社
〒一六〇－〇〇二二
東京都新宿区新宿一－一〇－一
電話　〇三－五三六九－三〇六〇（代表）
〇三－五三六九－二二九九（販売）
印刷所　図書印刷株式会社
装幀者　三村淳

© Masataka Natsumi 2016 Printed in Japan
乱丁本・落丁本はお手数ですが小社販売部宛にお送りください。
送料小社負担にてお取り替えいたします。
ISBN978-4-286-17850-9

[文芸社文庫　既刊本]

## トンデモ日本史の真相　史跡お宝編
原田　実

日本史上の奇説・珍説・異端とされる説を徹底検証！　文庫化にあたり、お江をめぐる奇説を含む2項目を追加。墨俣一夜城／ペトログラフ、他

## トンデモ日本史の真相　人物伝承編
原田　実

日本史上でまことしやかに語られてきた奇説・珍説・伝承等を徹底検証！　文庫化にあたり、「福澤諭吉は侵略主義者だった?」を追加(解説・芦辺拓)。

## 戦国の世を生きた七人の女
由良弥生

「お家」のために犠牲となり、人質や政治上の駆け引きの道具にされた乱世の妻妾。悲しみに耐え、懸命に生き抜いた「江姫」らの姿を描く。

## 江戸暗殺史
森川哲郎

徳川家康の毒殺多用説から、坂本竜馬暗殺事件の謎まで、権力争いによる謀略、暗殺事件の数々。闇へと葬り去られた歴史の真相に迫る。

## 幕府検死官　玄庵　血闘
加野厚志

慈姑頭に仕込杖、無外流抜刀術の遣い手は、人を救う蘭医にして人斬り。南町奉行所付の「検死官」が、連続女殺しの下手人を追い、お江戸を走る！